追憶の光

高見純代 *Sumiyo Takami*

幻冬舎 MC

追憶の光

目次

表紙装画　高見純代

序章　月光

令和元年九月十四日（土）の黄昏時である。

万葉集が出典の「……令月にして、気淑《よ》く風和《やわ》らぎ……」から着想を得られ、この二〇一九年五月から、元号は「令和」となった。新元号になったこの年の中秋の名月を愛でようと、ここ京都の旧嵯峨御所大本山大覚寺に、多くの人々が集まっている。千二百年前の平安時代、嵯峨天皇が大沢池《おおさわのいけ》において、中秋の名月に舟を浮かべ、弘法大師空海をはじめとする文化人や貴族達と、月を愛でた事から始まる由緒ある「観月の夕べ」である。

この日は天気も良く、初秋の柔らかな風がそよいでいた。日暮れてはいるが、月が出るにはまだ間があった。三々五々集まった老若男女の人々は、みな思い思いに過ごし、月が出るのを今か今かと待っていた。五大堂の観月台にあるお茶席で茶を喫する人や、心経宝塔前に並んでいる饅頭屋やたこ焼き屋などの模擬店で軽食を買い、あちこちに用意されている緋毛氈《ひもうせん》の敷かれた縁台に腰かけて食べている人や、一昨年に建立されたばかりの蓮華殿に入り、売店で土産物を買う人など、お祭りのような賑わいを見せていた。

とりわけ、この催しの呼び物である大沢池の舟の遊覧が五時から始まり、舟着き場では順番に舟に乗り込む人の列が見られた。舟は二隻あり、架空の動物である龍の頭を象って船首に付けた龍頭舟と、これも架空の鳥である鷁《げき》の首を象って船首に付けた鷁首《げきす》舟で、この二隻が交互に客を乗せて、池をゆっくりと回遊して、帰って来てはまた客を乗せて出て行き、遊覧を繰り返している。この龍と鷁を冠する二種の舟は、よく水を渡って溺れない龍と、よく翔けて風浪に耐える鷁という、伝説上の鳥獣を船首に付けて、水上の安泰を願ったものであるが、観月の遊覧では、ことに水上で異世界を楽しむための演出となっている。舟は二十四人でいっぱいになり、次の舟を待つ事になる。舟には先頭に一人、船尾に二人の若い僧が立っており、日本最古の人工池の底は浅いとみえ、長い竹の棒を持ち、池の底を押して漕ぎ進んで行く。

岸辺を行き交う人々は、今日が特別な夕べとばかりに、みな胸弾ませて喜々とした様子である。そんな中、彼は一人、ふさぐ心を抱えて、ぽつねんと立ち止まっていた。


時が経ち、いよいよ夕闇が迫ってきた六時半、池に張り出した特設舞台に、緋袴《ひばかま》に白い千早《ちはや》を着た女性三人がしずしずと現れた。その光景は、誰もを、まるで平安時代にタイムスリップしたかのような気持ちにさせ、それまで賑やかだった境内のざわめきが静まった。人々と同じように、彼も舞台に目をやった。舞台に、山のように餅を積んだ高坏《たかつき》が供えられ、その横に大きな花器が置かれ、アナウンスが流れた。

「ここ大覚寺は、平安の昔、嵯峨天皇様の御所でした。自然を愛する嵯峨天皇様は、この大沢池の菊ヶ島《きくがしま》に咲く菊を手折られ、瓶《へい》に挿されました。その姿が自ずと天・地・人の三才の美しい姿を備えていた事から、後世花を生くるものは宜しく之を以て範とすべし、と仰せになられました。この嵯峨天皇様の花を慈しまれる御心を受け、これを始まりとし、ここ大覚寺は、いけばな発祥の地であり、いけばな嵯峨御流《さがごりゅう》は千二百年、脈々と受け継がれています。今宵、令和元年の中秋の名月に、嵯峨御流の荘厳華《しょうごんか》を、月に献じたいと思います」

どこにあるのか、スピーカーから、ドビュッシーの「月の光」が聴こえてきて、幽玄なムードが醸し出された。舞台の女性らは、静かな動きで大きな花器に、ススキを真っすぐに生け、大輪の菊の花を五輪、厳かにバランス良く生けた。生け終わると、女性らはまた、しずしずと舞台から岸辺へ戻り、スピーカーから流れていた曲も終わった。

その時、池の向こう岸の木々の上に、オレンジ色の強い光が小さく覗き、人々からどよめきがあがった。月が昇ってきたのだ。人々はかたずをのんで、月が姿を現すのを待った。ゆっくり、ゆっくりと、オレンジ色の光は木々をぬけ、空にあがっていき、ようよう煌々と輝きを放つ丸い月が、その全貌を現した。人々は歓声をあげた。この日は本当の十五夜で、美しい満月だった。

「綺麗！」

「凄い！」

「令月だね！」

月の美しさを褒めそやす人々の声が重なり合った。

「Oh, …… it's beautiful!」と、外国人の観光客も歓声をあげた。

彼は、それまで空しい想いでいたが、大きく空にあがった満月を見て、胸が高鳴った。この月に逢うために来たのだ。彼は、舞台に献じられた花を見、空の満月を見、胸に去来する想いに圧倒され、激しいめまいを覚え、倒れそうになった。慎重にゆっくりと歩き、岸辺のベンチを見つけ、やっと腰をおろした。


あたりは段々と暗くなり、やがて夜のとばりに包まれた。雲一つない晴天の空に、満月は高く高くあがっていった。空高く昇るにつれ、昇ってきた時のオレンジ色から、月はその色を変化させ、今や純白の清らかな輝きを放っていた。

人々は、あちこちでスマホを掲げ、月を撮ろうとしているが、上手く写らないと口々に騒いでいる。

「『月々に 月見る月は 多けれど 月見る月は この月の月』よね！」と若い女が言った。

「それよりも、『あかあかや あかあかあかや あかあかや あかあかあかや あかあかや月』だよ！

これは明恵上人《みょうえしょうにん》の歌で、明るいな、本当に本当に明るい月だな、っていう意味だよ」と、連れの男が言った。二人は手をつないで、微笑み合って歩いて行った。

ここにいる誰もが、令和元年の令月を感慨深く眺め、興奮し、幸せに酔っていた。

「ママ！　見て！　金色の蝶々が飛んでる！」

「えっ？　どこ？　どこにもいないじゃない。坊や、何言ってるの」

「ほら！　あんなに光って綺麗だよ！」

「もう秋よ。蝶々なんて、いるわけないでしょ」

そう言って、親子が彼の前を通り過ぎて行った。

第一章

出逢い ～青い春～

一

平成十年（一九九八年）二月七日（土）の朝。優子は目覚めて、昨夜のあたたかな幸せを思い返して、つくづく家族のぬくもりの有り難さを噛みしめていた。だが、あさって、父は緩和ケア病棟に入院する。優子は、これからの一日一日を、祈りを込めて大切に過ごそうと、しみじみ思った。窓辺に立って見ると、昨日の晴れとはちがい、空はどんよりと曇っていて気が重くなった。時計を見ると、もう九時だったので、着替えをし始めた。

父 奥宮達雄が体調不良を訴えたのは、昨年のクリスマスだった。優子が作ったクリスマスケーキを少ししか食べてくれず、「最近、胃の調子が良くないんだ」と苦笑いをした。それで、優子がやかましく言い、病院に付き添って行き、検査を受けに何度か通った結果、医者は、スキルス性胃ガンの末期で、余命三、四ヶ月だと宣告した。もう手のほどこしようがないので、年明けに緩和ケア病棟に入院するようにと、その予約をさせられ帰った。

父と娘はお互い口をきかず帰った。母 真弓は「どうだった？」と聞いたが、二人の様子を見て、それ以上聞かなかった。その晩遅くまで達雄は一人で、応接室でモーツァルトの「レクイエム」

を聴いていた。優子は二階の自室に入って、ベッドにもぐり込み、涙がとまらなかった。達雄とは恋愛結婚で専業主婦の母 真弓には、すぐにはとても言えなくて、優子は翌日に、医者の言った事を伝えた。案の定、真弓は泣き崩れた。

大手の不動産会社に勤める一級建築士の達雄は、仕事一筋に生きてきた。趣味といえば、応接室のステレオで、クラシック音楽を聴く事だった。恋愛結婚をした真弓とは夫婦仲が良く、一人娘の優子を箱入り娘に育ててきた。優子は、花嫁修業にと、料理教室や茶道と華道の習い事をさせてもらっていたが、花が好きで、華道に入れ込み、昨年十一月から、嵯峨御流のいけばな教室を家で開いていた。

緩和ケア病棟が空くのは二月の始めだと言われ、達雄はそれまで薬をもらってしのいだ。家が曹洞宗なので、その大本山永平寺にお参りをしたいと言い、正月休みに家族三人で北陸へ一泊二日の旅行をした。これが家族の最後の思い出だった。

昨日は、優子の二十七歳の誕生日で、優子は自分の誕生花 菜の花をテーブルに飾り、家族三人で、くえ鍋を囲み、楽しく会話をした。

「優子。お誕生日おめでとう！」と、達雄がビールを掲げて乾杯を言った。

「優子ちゃんも、もうすっかり大人ね。月日が経つのは本当に早いわ。この間まで、こんなに小さかったのに」と、真弓はテーブルの下に手をやって、幼い優子の背丈を示して見せ、懐かしそうに笑った。

「お父さん。お母さん。本当にありがとう」と、優子は微笑んで礼を言った。

「優子。今日の菜の花もいいね」と、達雄は優子が生けた菜の花をほめた。

「私、菜の花って、本当に好きなの。誕生花だからっていうだけじゃなくて、小さな黄色い花が集まって咲いてて、可愛くって、見てると優しい気持ちになれるの」

「優子ちゃんは本当に優しい子ね。うれしいわ。貴女が産まれた時、お父さんと一緒に名前を考えて、優しい女の子に育って欲しいって、ねぇ、貴方」と、真弓が言った。

「あぁ。それで、優子って私が名付けんだ」と、達雄が言った。

「あれは、いつだったかしら？　優子ちゃんが鳩を助けた事があったわね」

「小学校三年生の時だわ。公園で鳩を見てたら、一羽だけ飛べずにうずくまっていた鳩がいて、そばに行って見たら、震えていたから、抱いて連れて帰ったの。お母さんがパンをあげても食べなくて」

「優子が可哀想だって泣くもんだから、一緒に動物病院へ連れて行ったね」

「そう。お父さんが、車で急いで行ってくれたから、手当てが間に合って、本当にうれしかったわ」と、優子はついこの間の事のように、うれしそうに微笑んだ。

「一週間ほど、うちで面倒をみて、優子ちゃんは、ポッポちゃん、ポッポちゃんって、エサをあげたり、可愛がっていたわね」

「元気になって、空へ飛ばしてやった時も、優子が泣いて困ったよ」

「あれは、うれしくて泣いたのよ」と、優子はまた微笑んだ。

達雄は、胸に迫るものがあり泣きそうになったが、娘に言うべき事を言わなければと思い、優しく娘を見て言った。

「優子。幸せになるんだぞ」

「私、幸せだわ」

「そうじゃなくて、入江君との事だ」

「……私達、まだそんな関係じゃないわ」

優子は戸惑って答えた。入江圭一郎とは昨年の十月に出会った。友人の結婚披露宴で席が隣りになり、話しかけられた。入江は大学の理学部 数学科で助手をしていて、聞くと、優子より一つ年上だった。誘われるままに、数回デートをしたが、父の病気の事もあり、最近、優子はあまり気乗りしていなかった。

「圭一郎さんじゃなくて、貴女どんな人がいいの？　貴女が奥手で、ずいぶん心配したのよ。お友達はみんな彼氏がいて、早い人はとっくに結婚したから。そりゃぁ、昔とちがって今は結婚が遅くなってるけど、もう二十五を過ぎても、ずっと彼氏がいなくて、お母さん、本当に気をもんだのよ。お父さんが古い考えで、貴女を女子高、女子大に行かせたけど、内気な貴女は彼氏ができなくて、お母さん心配だったわ。だから、圭一郎さんと付き合ってくれて、本当に安心したの。一度、家まで送ってもらった時、ご挨拶したけど、彼はいい人よ。誠実そうだし、それに将来はきっと学者になるわ。ねぇ、貴方」と、真弓が言った。

「うん」と、達雄も頷いた。

真弓は娘を説きふせようと、いつになく、よくしゃべった。夫のスキルス性胃ガンがわかってからは、沈み込んで、殆ど話す事がなかった。そんな母が、自分の誕生日に、一生懸命に話してくれる気持ちがうれしく、優子は、父を安心させ、母を喜ばせようと思い、黙って小さく頷いた。

「そうか。いいんだね」と、達雄は安心した顔で言った。

「良かった。わかってくれて、ありがとう」と、真弓も満面の笑みを浮かべた。優子は、父と母が喜ぶのを見て、うれしかった。

「お父さんとお母さんは高校の同級生で、大恋愛をして結婚したんでしょ?」と、優子は何度も聞いて知っている話だが、何故かもう一度ちゃんと聞いておきたいと思い、聞いた。

「そうよ。お父さんは、お母さんの初恋の人だった。貴方もそうだったって言ってくれたわよね」と、真弓は達雄を見た。

「よさないか。昔の話じゃないか」と、達雄は照れた。

「お父さんは毎日のように、ラブレターをくれたのよ。一緒に映画を観て、同じシーンで一緒に泣いて、あぁ、私達は二人で一つなんだって思ったわ。お互い大学を出てすぐに結婚をして、三年後に貴女を授かった。……うれしかったわ」と、真弓は幸せそうな顔をした。

「あぁ」と、達雄も幸せそうに遠い目をした。

達雄と真弓は、絵に描いたような美男美女の夫婦だった。優子は、幼い頃、両親の結婚写真を見せてもらい、あまりに綺麗なので「ゆうこにちょうだい!」とせがんで、とうとうもらってしまい、毎日、開いて見ては憧れていた。スラッと背の高い達雄のモーニング姿は凛々しく、その横に寄り添って立っている真弓は、角隠しも似合い、うりざね顔に大きな瞳が美しく、赤と金の豪華な色打ち掛け姿は、お姫様のようだった。優子はシンデレラの絵本と同じくらい、両親の結婚写真を見るのが好きだった。その写真は、今でも優子の机の引き出しの中にしまってある。

達雄は、娘の気持ちを確かめたくて、再び強い口調で言った。

「優子。早く幸せになるんだぞ。彼と結婚して、母さんを大事にしてくれ」

優子は父の気迫におされ、また少しだが頷いた。それを見て、達雄はうれしそうに笑った。優子もはにかみながら微笑んだ。

「あぁ、良かった。お母さん、これで安心したわ。今夜は最高の気分だわ」と、真弓は笑った。

「本当に、今夜は最高だ」と、達雄も愉快そうに笑った。

＊

昨夜は遅くまで話したから、父も母もまだ寝ているかもしれないと思い、優子は足音を忍ばせて、一階へ降りた。洗面所でも音をたてないように顔を洗い、また二階の自分の部屋へ戻った。ドレッサーに座って薄化粧をし、セミロングの髪を後ろに束ね、バレッタで留めた。

それから、もう一度、一階へ降りて、床の間へ入った。仏壇の前に座って、手を合わせ拝んだ。

「お母さん?」と言いながら、優子はふすまを開け、廊下を歩き、台所へ入った。

「あぁ。起きたのね」と、母が微笑んだ。

「お父さんは？」

「散歩をするって、出て行かれたわ」と、真弓は答えた。

「そう。珍しいわね」と言い、優子は首をかしげた。

優子は玄関へ行き、つっかけを履いて、庭先へ出た。門はちゃんと鍵がかかっていた。ポストには新聞が入ったままだった。優子は急に不安になった。何故だか家全体が静かで、急に父の事が心配になった。

「お父さん、どこに行ったのかしら？」と、つぶやいた時、玄関の靴箱の上の、優子が生けた菜の花の花器の花台に、白い封筒がはさんであるのに気付いた。（えっ？）と思いながら、封筒を手にとった。封はされておらず、中の便箋を出して読んだ。


真弓。優子。

私はもう逝くよ。どうせ逝くんだ。覚悟はできている。お前達に世話をかけたくない。

私は充分好きな仕事に尽くせたし、お前達と一緒で本当に幸せだった。

病院へ入って、ただ死を待つなんて、堪えられないんだ。わかってくれ。

医者に余命を宣告された時から、私は一人で死のうと決めていた。

すまない。最後の勝手を許してくれ。

優子。入江君と幸せになって、母さんの事を頼む。

本当に優しい娘に育ってくれて、ありがとう。父さんはうれしいよ。

お前なら、きっと幸せになれると、信じている。

真弓。君と出逢えて、私は本当に幸せだった。これまで本当にありがとう。

お前達を愛しているよ。これから先も、ずっと見守っているよ。

ありがとう。これまで本当にありがとう。

達雄

便箋を持つ優子の手が震えだした。体中から血の気が引いていった。

（お父さん！）叫んだつもりが、声は出なかった。（何⁉）優子は、何が起きているのか、すぐには理解できなかった。いや、理解したくなかった。頭の中が真っ白だった。

しばらく、その場に茫然としていたが、やっとの思いで、ガクガクしながら、よろめく足どりで台所に入り、母に手紙を渡した。

「何？」と、手紙を受け取り、読むなり、真弓も青ざめ、その場に倒れ込んだ。

優子は、電話の受話器を手にとった。震える指で、一一〇番を押した。

警察の男が二人来て、優子と真弓に、達雄の行きそうな所はどこかと、色々と聞き取りをするが、取り乱した二人は泣くばかりで、捜査は難航した。警官は携帯電話であちこちに連絡をしていた。もう昼過ぎになろうとしていた。警官によると、この大阪 平野《ひらの》の自宅近辺で、不審な事件は起こっていないらしかった。

「最近、ご主人と行った所はどこですか？」

「病院だけです」

真弓が泣きながら答えた。

「そういうのではなく、何か特別な場所へ行きませんでしたか？」

警官にそう言われて、優子は電撃を受けたようにハッと思いあたった。最後の家族旅行で、北陸へ行き、永平寺にお参りをしたあと、父が天然記念物の名勝だから行こうと言い、東尋坊《とうじんぼう》へも行った。日本海が青く美しかったが、高さ二十五メートルあるという断崖絶壁は、身がすくむほど恐かった。父が何故、そこに行こうと言ったのか、今になってわかった。

「東尋坊！　東尋坊です！　間違いありません！　早く！　早く行って、父を助けて下さい！」

そう叫ぶや、優子は泣き崩れた。

「東尋坊？　福井県の東尋坊ですね？」

「そうです！　父と母と三人で、最後に行きました」

「自殺の名所か……参ったな。とにかく、福井県警に捜索願いを出します」

「お願いします！　父を、父を助けて下さい！」

今になって思うと、永平寺で長らく祈っていた父は、様々な心の整理をしていたのだと思われた。家族三人、水入らずで旅行を楽しんでいたつもりだったが、東尋坊で日本海をジッと眺めていた父の様子も、どこか影があり、自殺を決意していたのだと思われた。優子は、なぜ気付けなかったのかと、自分を強く責めた。


その日の夕方に呼び出しがあって、優子は母を家に置いて、一人で特急に乗り、福井県警へ行った。警察署の遺体安置所に案内され、確認をするように言われた。父でない事を祈りながら、恐る恐る寝台に近づいた。警官が青いビニールシートをまくった。

「ハアーッ！　ハアッ！　ハアッ！　ハアッ！　ハアッ！」と、優子は荒い息づかいをし始めた。

「しっかり確かめて下さい」

優子は遺体の腕を見た。見覚えのある、父が愛用していたスイス製の腕時計があった。

「……父です。アッ！　ハァッ！　ハァッ！　ハァッ！　ハァーーー‼」と、優子は激しい息づかいをし、その場でひきつけを起こし失神した。

＊

優子は病室で目を覚ました。

「優子さん⁉　気がつきましたか？」

入江が優子の顔を覗き込んだ。

「えっ？　ここは？　どうして貴方が？」

優子は救急病院へ運ばれ、警官が家へ連絡したところ、母が入江に頼み、彼が駆けつけて来てくれたのだった。

「大丈夫。大丈夫ですよ」と、入江は優子をなだめた。

「ウソ！　ウソよ！　お父さん！　ハァーッ！　ハァッ！　ハァッ！　ハァーーー‼」と、また優子の息づかいが荒くなった。入江はナースコールのボタンを押した。看護師が来て、優子を起こし、背中をさすった。そうしながら院内電話で医者に連絡をした。看護師は出て行き、また戻って来て、優子の細い腕に安定剤の注射を打った。二十分ほどして、優子はまた気を失った。

優子は食事もとれず、栄養剤の点滴を受けていた。夜中に起きて、激しく泣いた。看護師がまた安定剤の注射を打った。

優子は疲れきっていた。絶望し、心はうつろだった。担当の医者は、今の優子には判断能力がなく、三日は安静が必要だと、入江に伝えた。警察での煩雑な手続きは、入江が済ませた。警察も、入江が優子の婚約者だと言ったので、全てを任せた。

＊

達雄は享年五十三歳で荼毘に付され、その骨壺を抱いて、三日後の夕方、優子は入江に付き添われ、家に帰った。その間、優子は誰とも一言も口をきかなかった。入江とは家の前で別れた。

真弓は寝込んでしまっていた。優子は、魂のぬけ殻のような状態のまま、床の間へ入り、仏壇の中に父の骨壺を置いた。

「お父さん……」と、優子はつぶやき、崩れるように横になった。もう涙も出なかった。優子は、目を見開いたままピクリともせず、そこで夜を明かした。

朝になって、優子の携帯電話が鳴った。入江からだった。着信音が長く鳴り続け、優子はやっと通話ボタンを押した。

「優子さん？　大丈夫ですか？　眠れましたか？　朝食、食べられましたか？」

「……色々すみませんでした」

「僕、そこまで来ているんです。駅前の、いつもの喫茶店に来られませんか？」

「……」

「待っています。待っていますから、来て下さいね」

「……ありがとうございます」

優子は電話を切った。重い体を起こし、寝室へ母を見に行くと、真弓はまだ寝ていた。洗面所へ行って、鏡に映った無表情な自分を、他人を見るように見つめた。バレッタをはずし、髪をブラシでといた。化粧直しもせず、そのまま玄関を出た。

喫茶店へ入ると、入江が手をあげテーブルに招いた。感情のないまま、優子は入江の向かいの席に座った。

「食べていないんでしょ?」と、入江はやつれた優子を見て言った。

優子はコクンと頷いた。

「モーニングセットを一つ、お願いします」と、入江が注文をした。しばらくして、トレーが運ばれて来て、トーストと、サラダと、ゆで卵と、ヨーグルトと、コーヒーがのっていた。

「ちゃんと食べて下さい。でないと、また倒れてしまいますよ」

「……色々お世話をおかけして、すみませんでした」と言って、優子は頭をさげた。

「僕の事なら、いいんです。それより食べて下さい」

優子はまたコクンと頷いて、トーストを手にとった。一口かじったが、味は全くわからなかった。入江に見守られているおかげで、優子はゆっくりとだが、食べ始めた。どれも半分ほど食べて、コーヒーをすすった。

「もう食べないんですか?」

優子はまたコクンと頷いた。

入江は、背広の襟を両手で正し、意を決してきりだした。

「こんな時に何ですが、こんな時だからこそ言います。僕と結婚して下さい」

優子は驚いて、コーヒーカップを落としそうになり、気をつけてカップを皿に戻した。

「向こうで、警察にも、貴女の婚約者だと言いました。お母さんには、もうお許しを頂いています。結婚しましょう。僕は、優子さんを愛しています」

「……私のどこがいいんですか?」

優子はうつろな目で聞いた。

「初めて会った時、こんな美しい人はいないと思いました。それから、デートで話してみたら、貴女は花が大好きで、本当に純粋な女性だと強く惹かれました。優子さん。貴女を幸せにしたい。僕と結婚して下さい」

入江は真剣だった。初対面の時から、優子と結婚したいという気持ちを胸に秘めていたのだ。

「入江さん。……ごめんなさい。私、貴方を愛しているのかどうか、わからないわ」と、優子は正直に答えた。

「今すぐ返事をくれなくてもいいです。考えて、近いうちに返事を下さい」

入江は、その理知的な顔にかけているメガネを手で直した。

「それから、優子さん。病院に行って下さい。医者から、こっちに帰ったら心療内科にかかるようにと、紹介状を預かっています」と言って、封筒を優子に渡した。

「色々ありがとうございました」と言い、優子は頭をさげた。

「じゃぁ、帰ったら、ゆっくり休んで下さいね。返事を待っています」

二人は立ちあがり、入江が精算をして、店を出た。


帰宅して、優子は床の間に入った。仏壇の前にペタリと座りこみ、父の骨壺を見て、回らない頭をゆっくりと巡らせてみた。母は親しみを持って、圭一郎さんと呼んでいたが、優子は、彼を入江さんとしか呼んだ事がなかった。そもそも、手をつないだ事もなければ、キスもしていなかった。彼との初めての会話を回想してみた。

「貴女は何をされているんですか?」

「華道です。嵯峨御流のいけばなで、景色いけや荘厳華とか色々な生け方があって、素晴らしいんです。来月から、自宅で教室を開きます。花が大好きなんです。お勧めはした事がありません」

「いけばなですか。いいですね」

「この間、旧暦の重陽《ちょうよう》の節句なので、菊の花を生けました」

「重陽の節句って、九月九日の事ですか?」

「そうです。よくご存知ですね。奇数は陽数で、九は一番多い陽数なので、九月九日は、陽数が多く重なって、おめでたい日なんです。でも、満つれば欠ける世の習いって言うみたいに、縁起が悪い事にならないよう、菊を生けて邪気払いをするんです。香り高い菊は、ご皇室が紋章にされているくらい高貴な花で、延命長寿の花とされています。その菊を白、黄、赤の三色を生けて、葉の緑を青に見たて、水盤の水を黒に見たてて、これも邪気払いとされる五色に生ける習わしなんです。いけばなには、そう言った古くからの由来があって、普遍的な人々の祈りが込められています。日本のこの伝統は大切に伝えなければって、私、思うんです」

「九は不思議な数字です。九を順番に足していくと。9＋9＝18　その18を1＋8にすると9　18＋18＝36　その3＋6＝9　36＋36＝72　その7＋2＝9　72＋72＝144　その1＋4＋4＝9　九をどれだけ足しても、必ず九になるんです。それから、円を半分づつに区切っていくと。三六〇度の3＋6＋0＝9　一八〇度の1＋8＋0＝9　九〇度の9＋0＝9　四五度の4＋5＝9　どこまでいっても九になるんです。つまり、九は宇宙の全てをつかさどる数字なんです」

「……そうなんですか。面白いですね」

彼とのデートでは、いつも、いつの間にか数学の話になった。優子にはチンプンカンプンだった。彼が、優子の内面を知りたいと関心を持っているようには感じられなかった。センシティブな優子には、それが大きな問題だった。愛していると言われても、容姿だけ気に入られているようで、心に響かなかった。

優子は考えた。母が言ったように、入江は将来、学者になるだろう。大学の教授夫人？　それが何だというのか。彼がもし、大学を辞めてコンビニの店主になりたいと言ったら、自分は彼についていけるだろうか？　愛していれば、ついていけるだろう。でも無理だ。そうか……自分は、入江を愛していない。母が父を愛しているように、自分は入江を愛してはいない。学者の卵の彼に、憧れていただけだった。そう優子は結論した。

しかし、父は、入江と自分が結婚するものと決めて、死んでいった。父の思いをむげにする事に、優子は胸が痛んだ。そう思った途端、また息が荒くなり苦しくなった。胸に手をあて、治まるのを待ったが、なかなか治まらなかった。優子は倒れ込み、一時間ほど苦しみに耐えた。入江が渡してくれた封筒を手にとり、何とかしなければと思った。

真弓は、気がふれたようになっていた。

「優子。ほら、聴こえるでしょ？　あの人が応接室のステレオで、モーツァルトを聴いているわ」

と言い、フフフッと薄気味悪い笑みを浮かべていた。

二

二月十三日（金）の午後二時。優子は待合室にいる間、ずっと緊張していた。病気らしい病気をした事がなく、病院へは滅多にかかった事がなかった。しかも心療内科だなんて、自分はどうなってしまったのだろうかと、不安でいっぱいだった。ここは、父がかかっていた病院で、医者は京大系で、大阪屈指の大病院だった。診察室のドアには「柚木薫」と、担当医の名札が貼ってあった。女医さんだろうか？　幾つぐらいの先生だろう？と、優子は思った。待合室では、静かな音で、モーツァルトの「フルートとハープのための協奏曲ハ長調」が流れていて、優子は、父が見守ってくれているような気がした。

「奥宮さん。どうぞ」と、診察室のドアを開けて、看護師が呼んだ。

優子は、ドキドキしながら診察室に入った。机の向こうに座っている医者は、若い男性だった。

優子は、自分より少し年上らしい、細面の顔で目が優しい柚木を見て、安心した。

「よろしくお願い致します」と、お辞儀をして、優子は静かに椅子に腰かけた。

柚木はドキッとした。ほっそりした体にベージュのワンピースを上品に着て、セミロングの髪を軽くカールさせ、自然な薄化粧の顔が美しい、優子の柔らかで清楚な姿。入って来て、椅子に腰かけるまでの、しなやかな動作。けっして派手ではない、むしろ地味で大人しいのに、そこはかとなく漂う華やかな清らかさ。周りの空気を包み込むような優しいたたずまいに、一目で胸が高鳴り、心を奪われた。こんな気持ちは初めてだった。ほんのわずかな間だが、優子に見とれてしまった。

「柚木といいます。よろしくお願いします」

柚木は、やっと医者である自分を自覚し、クランケである優子に自己紹介を言った。

「紹介状を読ませてもらいました。大変お辛い状況にいらっしゃるとお察しします。失礼ですが、独身でいらっしゃいますか？」

「はい」と、か細い声で優子は答えた。

柚木はまたドキッとしたが、表情に出さないよう、心を落ち着かせた。

「お勤めをなさっているんですか？」

「いいえ。お勤めはした事がありません。家でいけばな教室をしています」

「いけばなを？」

「はい。お花が好きなので。それに、私、あまり社交的じゃないので、お勤めしようと思えなくて」

柚木は顎に左手をあて、何か考えている様子だった。

「お父さんを亡くされ、お母さんとお二人で、これから、どうされるおつもりですか?」

「わかりません。ただ、生徒さんから電話があって、皆さん、私が落ち着いたら、嵯峨御流のお花を続けたいって言って下さっているので、細々とですが、教室を続けたいと思っています。私から花をとったら、何もありませんし……」と、優子は静かに言った。

「今はどんなお気持ちですか?　無理はしないで、話して下さい」

「悲しいです。……苦しいです。……不安です。……胸がつまって、何て言ったらいいのか……よくわかりません」と、優子は途切れ途切れに言った。

柚木は、切なげに訴える優子の様子に胸を打たれていた。透き通るように白く、なめらかな肌の美しさ、大きな瞳の澄んだ輝き、まばたきする度に動く長い綺麗なまつげ、話す柔らかそうな唇。こんなにも女性の美しさを目の当たりにした事はなかった。神のなされたその造形美に感動していた。

「時々、息が苦しくなるんですね?」

「はい」

優子は不安そうに答えた。

「どのような呼吸になりますか?」

「息が急に荒くなって、うまく吸えなくて、呼吸が速くなって、息苦しくて……ひきつけみたいに体がこわばって、動悸がして……失神もしました」

「過換気症候群です。極度の精神不安や強いストレスで発作が起きます。若い女性に多くみられるものです。これだけのショックを受けられたのですから、起こっても不思議ではありません。本当にお辛かったですね。ちゃんと薬もありますから、大丈夫ですよ。悩んでいる事を、カウンセリングで解きほぐしていきましょう」

柚木は優子の心情を推し量って、しっかりと説明をした。

「よろしくお願い致します」と、優子は頭をさげた。

「はじめの発作は、警察署で起きたんですね?」

「ええ。……私、私、酷いんです。父の遺体を見て、息が苦しくなって、失神したんです。私……父の手も握ってあげなかった! そのまま別れて……病院にいる間に、父は焼かれて、骨だけになってしまった! 私、酷い娘です!」

優子は肩を震わせ、激しく泣きだし、顔を手でおおった。

「ご自分を責めないように。酷いショックを受けられたんですから、誰でもなりうる状況ですよ」

「でも、手くらい握ってあげれば良かった」

　優子は泣き続けた。

「他に、何か苦しい事はありますか？」

「入江さんです。去年の十月に出会ってから、誘って下さるままにお付き合いをしていた人で、福井まで来て下さって、何もかも助けて頂いたんです。この間、プロポーズされて……でも、私、彼を愛していないって気付いたんです。私、入江さんと付き合うまで、男性とお付き合いした事がなくて、自分の気持ちもよくわからないままデートしてたんです。本当にお世話になって、申し訳なくて、まだお返事していないんです。それが苦しいです」

「その入江さんですが、貴女は何故、彼を愛していないと気付いたんですか？」

「入江さんは、とても紳士で、私の手にもまだ触れていません。私、それで、安心して、四ヶ月もお付き合いをしてしまって……。でも、思うんです。愛するって、その人のために死ねるんじゃないと、本当の愛じゃないって。そう思ったら、私……彼じゃないって気付いたんです」

　柚木は、精神的に幼いけれど、それだけに純粋な優子を可憐だと思った。

「貴女の心が決まっているなら、早く彼に言った方がいいですね。待たせると、こじれますから」

「ええ。そうします」

優子は力なくうなだれた。

「他に、困っている症状とかは、ありませんか?」

「眠れません。眠っても浅くて」

「睡眠薬も出しておきます」

「それに……夢です。父が亡くなってから、よく夢でうなされます」

柚木は、思わず身をのりだして、優子を見た。

「それは、とても重要な事ですよ。人は普段、顕在意識で過ごしていますが、これを氷山にたとえると、海上に見えている一角だけです。人には無意識の潜在意識があって、氷山の海の中がそれにあたります。顕在意識よりも、ずっと大きくて、本人も気付かない様々な思いがそこに潜んでいます。夢には、その潜在意識からのメッセージが表出する事があるんです。覚えている夢があれば、話して下さい」

京都大学の医学部を出たあと、スイスのユング研究所に留学した柚木は、夢分析を重視していた。カール・グスタフ・ユングは、人間の無意識の奥底には人類共通の素地、集合的無意識が存在すると考え、この理論の相違により、ユングはフロイトと袂を分かつ事になった。また、ユングは、共時性（シンクロニシティ）に、意味ある偶然の一致があると考えていた。

三十一歳の柚木は、ユング派精神療法の研究に熱心に取り組んでいて、まだ独身だった。頭脳明晰、沈着冷静、優しく真面目で、付き合っている女性はいなかった。

魅力的な優子は、異性として惹かれるだけでなく、患者としても興味深い対象だった。

「色々見ましたが……今、覚えている夢は、そう、私はどこかの寄宿舎に入れられていました。とても厳しい生活で辛くて。ある日、家に帰ったんです。でも、家でも母が、ああしろ、こうしろと指図して、全く自由がなくて、苦しくて」

優子は眉をひそめ、本当に苦しそうな顔をした。

「お母さんは、貴女に厳しいのですか？」

「いいえ。むしろ、早く恋愛をして、彼氏を連れて来なさいって、私に自由にしなさいって、ずっと言ってて。でも、私は二十六まで、その入江さんに誘われるまで、男性とお付き合いした事がなくて。……それより、先生。母は今、本当に人が変わったみたいに落ち込んでいて、気の毒で。

私には、もう、その母しかいないのに、夢では母に反感を持っていて。……起きてから、それが悲しくて泣いたんです」

柚木は優子の話を聞きながら、カルテに走り書きをしていた。左手を頭にあてて、考え込んでいた。

「奥宮さん。それから、おもむろに話した。

「奥宮さん。その、お母さんが自由にしなさいって言われるのが、貴女にとっては逆に束縛だったとは思われませんか?」

優子は、思ってもみない質問に戸惑った。ゆっくり考えてから、率直に答えた。

「確かに。そうも言えるかもしれません。とにかく、母は社交的で、私とはまるでちがいます。父とも恋愛結婚ですし。母から見たら、私は、はがゆいんだと思います」

「お父さんとお母さんは、仲が良かったんですか?」

「ええ。とても」

「貴女は、お父さんとお母さんとでは、どちらと特に仲が良かったんですか?」

「どちらともです。性格が似ているので、父との方が気が合ったとは思います。でも、私は、二人の中には入れませんでした。それくらい両親は仲が良かったです」

「いけばなは、どうして始められたんですか？」

「両親が、結婚するまでのたしなみにって、お料理や茶道、華道を習わせてくれました。でも、私は美しい花に触れられる華道が一番好きで、特にご縁を頂いた嵯峨御流の魅力にはまってしまって、正教授にまでなれました。それで、両親に頼んで、自宅で教室を開かせてもらったんです」

「先に言われましたが、私から花をとったら、何もありませんって、どうしてですか？」

柚木は核心に触れようとした。

「私には何の取り柄もありません。ごく普通の、いえ、普通より内気で駄目な人間です。でも、花を生けている時、あぁ、私、生きてるって、心から歓びを感じ幸せに思えるんです。春、夏、秋、冬、それぞれに咲く花があって、美しい花から季節を感じとり、自然のエネルギーを受け取って、花と出逢ったその瞬間に湧きあがってくる自分の感性を活かして、嵯峨御流の伝統の美学にのっとって、一番美しい姿に生けるんです。

二度と同じ花はありません。その時、出逢った花の美しさを見て、自分で発想して生ける。生きている花は、色んなインスピレーションを与えてくれます。花は何も求めずに、私に優しく応えてくれます。そして、それは刹那の美なんです。いずれ花は枯れてしまう。何も残らない。命の儚さを、花を生ける度に切なく思います。だからこそ、出逢った花を最高に美しく生けあげる。花を生けている時、無心になれて、心に命の光がともる気がするんです。本当に花が愛おしくて。華道は、私にとって、なにものにも代えられない生きがいなんです」

優子は、話し終わって自分で驚いた。内気で口下手で、他人に、こんなにも切実な思いを話した事はこれまでなかった。自分の思いを言葉にできたのは、聞き手である柚木の、自然すぎるほどの温かい空気感のせいだと思った。

「素晴らしいですね。貴女は取り柄がないどころか、誰よりも花を愛する優しい心を持っていらっしゃる。まずもって、普通なんて、ありませんよ。皆それぞれ、ちがっています。ご自分にもっと自信を持たれたらいいですよ」

柚木は本心で言った。これほどに、女性に心を打たれた事はなかった。優子の美しさが、内面の優しさから滲みでているものである事は、もはや明白だった。

「貴女にとって、お母さんは母親であると同時に、お父さんの永遠の恋人だった。貴女は、お父さんを好きだけれど、お母さんにどこか遠慮する気持ちがあった。つまり、お母さんと、ちょっとしたライバル関係のような感じがあった。だとしたら、貴女はお母さんを厳しくも感じてしまったかもしれませんね。それが、今話された夢の内情じゃないでしょうか？　まっ、僕の分析が正しいかどうか、貴女が判断されたらいいですよ。今夜あたり、お母さんが、また夢にでてきて、今度は優しくしてくれるかもしれませんよ」と言って、柚木はニッコリと笑った。

「はい。ありがとうございます」と、優子も微笑んだ。柚木はまたドキッとした。

「じゃぁ、また来週、金曜日でいいですか？」

「はい。よろしくお願い致します」

「では、今日はこのくらいで」と、柚木は優子に会釈をした。

優子が出て行ったあと、柚木は、ふんわりとした優子の微笑みを想い返し「ハーッ」と溜め息をついた。

診察室を出て、薬をもらい、帰る道すがら、優子は何だか心が浮きたつのを感じた。

＊

帰って、優子は母に、入江と別れると告げた。

「圭一郎さんと別れる!?　優子ちゃん。貴女、それで、どうするつもり？　もう二十七なのよ。

このあと、誰とも出逢えなかったら、貴女、どうする気？」

「どうもしないわ。華道を続けるわ」

「お父さんと約束したじゃない！」

「あの時は、もう入院する直前だったし、お父さんを安心させたかった。それに、私自身、自分の本当の気持ちをよくわかっていなかったわ。……お父さんがあんな死に方をして、私、色々考えたの。人生は一度きりだから、後悔のないよう、自分の気持ちに正直に生きようって思ったの」

「あの人が亡くなって……何もかも変わってしまったのね。私はもう、生きる気力もないわ。あの人を心から愛していたのよ」と、宙を見るような目をして真弓は言った。

「わかってる。お母さんがどれだけ、お父さんを愛してたか、私よくわかってる。だから、尚のこと、入江さんとは結婚できないの。私、彼を愛していないの」

「私は夢を見ていたのね。……もういいわ。わかったわ。優子ちゃんの好きなようにしなさい。でも、これから先に、本当に好きな人と出逢ったら、きっと結婚してね。お願い」

真弓は、娘の顔をジッと見つめた。

「ええ。お母さん、ありがとう」と言い、優子は母の手を握った。

＊

翌日、優子は、いつもの喫茶店で入江に会った。

「ごめんなさい。私、貴方とは結婚しません。色々お世話になったのに、本当に申し訳ありません」

と言い、優子は頭をさげた。

「僕の事が嫌いですか？」

入江は予想していなかった返事を聞かされ、動揺した。

「いいえ。貴方は立派な方です。私がいけないんです。本当にごめんなさい」

優子は身を縮め、申し訳なさそうに言った。

「他に男でもいるんですか⁉」

入江は怒気のある声で言った。優子は驚いた。理性のある入江が、そんな事を言うとは、思ってもみなかった。

「いいえ。いません」

「なら、どうして⁉　貴女は、それで幸せになれるんですか⁉」

「わかりません」

「わからない!?　そんなバカな！　貴女に好きな男がいて、そっちを選ぶと言うなら、身をひきます。その方がスッキリする。だが、そうじゃないと言う。僕は納得できないな」

「どんなに仰られても、私、貴方と結婚はしないんです。だから、これ以上、お付き合いして、貴方の貴重なお時間をとるわけにはいきませんから、もうお会いしません。これまで本当にありがとうございました。本当にごめんなさい」

「優子さん。貴女が清純な方だと思って、僕は何もしなかった。それが男として物足りなかったんじゃないですか？」

「ちがいます。貴方が私を、そんなふうに大事にして下さった事に感謝しています。貴方に不満はありません。全て私自身の問題なんです」

入江は両手を握りしめて、わなわなと震えていた。

「もう、会ってくれないんですか？」

「はい。もうお会いしません」

二人の間に、長い沈黙があった。

「優子さん。貴女をあきらめるなんて無理です」

入江は震える声で言った。

「ごめんなさい。お応えできません。すみませんが失礼します」

そう言って、入江に頭をさげ、優子は席を立ち、レジで二人分の精算をして、店を出た。

翌日から、優子の家のポストに、切手の貼っていない封筒が、毎日届くようになった。入江からの手紙だった。毎朝、優子の家まで来ているのだった。内容は、優子への未練を支離滅裂に書いたもので、入江は正常な精神状態ではなかった。

五日目の木曜日の朝、電話が鳴った。入江からだった。

「今、喫茶店に来ています。すぐ来て下さい。もう一度だけ会って下さい」

いつもとちがう、低い暗い声だった。優子は怖かったが、毎日ここまで来て、異常な手紙を入れている入江の気持ちを終わらせるためには、会うしかないと覚悟した。

「わかりました。これから行きます」

喫茶店に入ると、憔悴しきった入江が座っていた。優子はその向かいの席に、そろりと座った。

「僕らは、やり直せませんか？」と、入江は言った。

「無理です。ごめんなさい」と、優子は首を横に振った。

「あぁ！」

入江は叫ぶように言い、天井を見あげた。そのうつろな目から涙が溢れでた。頬を流れる涙を拭こうともせず、ゆっくりと顔を正面に戻し、入江は優子を見た。

「殺人なんて、バカな奴がするもんだと思ってましたよ。でも、僕も人を殺したい気持ちがわかりましたよ」と言い、入江は不敵な笑みを浮かべた。

「……」

優子は凍りついた。入江は、自分を殺したいと言っているのだとわかり、怖くてブルブルと震えてきた。

「フーーッ」と、入江は大きな溜め息をついた。そして、やっと涙をハンカチで拭いた。

「わかりました。……今日、来てくれて、ありがとう」と、入江は顔をゆがませて言った。

「……」

「帰っていいですよ。もう帰って下さい！」と、入江が言った。優子は、跳び上がるように立ち、入江に深々と頭をさげてから、走って店を出た。

優子は家の玄関に入るなり、過呼吸の発作が起こり、倒れ込んだ。這うようにして台所に行き、頓服薬を水で飲んだ。優子は泣きだした。申し訳なく思い、入江の幸せを心から祈った。

＊

翌日、優子は、柚木のカウンセリングを受けに病院へ行った。待合室では、モーツァルトの「アイネ・クライネ・ナハトムジーク」が静かに流れていたが、優子には聴き入る余裕がなかった。呼ばれて、診察室に入り、椅子に座るなり、優子は泣きだした。柚木は驚いた。

「どうされましたか？」

穏やかな柚木の声が有り難かった。優子は子供のように泣き続けた。

「何かあったんですね？」

柚木は優子を思いやり、優しく言った。

優子は黙って頷いた。

「入江さんですか？」

優子はまた頷いた。そして、泣きながら、あった事を洗いざらい話した。

「そうでしたか。それは怖かったですね。……大丈夫だとは思いますが、毎日手紙がきたとか、別れのせりふにしても、脅迫ですから、警察に届けておかれた方がいいです。でも、あまり心配しないように。ストレスが一番いけませんから」

柚木は心底、優子を心配した。守ってやりたいと思った。柚木は、優子に特別な感情を持ち始めていたが、自分では気付いていなかった。

「先生」と、優子は、柚木にすがるような目をして言った。

「何ですか?」と、柚木は優しい目で聞いた。

「私、何もできなくて困ってるんです」

「どんな事ですか?」

「相続の手続きとか、あと、父は保険に入っていたんですが、自殺だからお金が出ないって言われて……。私、いい歳をして、お恥ずかしいですが、ほんとに世間知らずで、何もわからなくて、困っています」

柚木は、何とか優子の力になってやりたいと思い、考えた。そして、適任の男を思いついた。机の引き出しを開け、名刺入れを出して開き、メモ用紙に何やら書き写した。

「奥宮さん。ここへ行って、天地という弁護士を訪ねて下さい。僕の大学時代の親友で、信頼できる男です。僕からも、彼に貴女の事を伝えておきます」と言って、優子にメモを渡した。

「光愛法律事務所……西天満《にしてんま》……天地弁護士ですか？」

優子は、メモを読んだ。

「そうです。優秀な男ですから、彼なら貴女の助けになると思います」

柚木は、そう言って微笑んだ。

「ありがとうございます。先生のご親友の方なら安心です。行かせて頂きます」と、優子も微笑んだ。

「じゃぁ、また来週に」

「はい。ありがとうございました」

優子は柚木に深々とお辞儀をして、診察室を出た。

運命とは、かくも残酷なものである。この後、三人の男女が、それぞれの運命の歯車を狂わせる事になろうとは、天しか知らぬ事だった。

三

二月二十三日（月）の朝。優子は、柚木の書いてくれたメモを頼りに、西天満の駅前のビル三階へ上がった。廊下の奥のドアに「光愛法律事務所」と書かれていて、優子はドアをノックした。

メガネをかけた真面目そうな若い女性が開けてくれた。

「天地先生はいらっしゃいますか？」と、優子は聞いた。

「どうぞ」と、しきりのされた応接セットのあるコーナーへ通された。五分ほどして、背の高い男が現れた。優子は立ちあがってお辞儀をした。男は名刺入れを出し、一枚名刺を優子に渡した。

「名刺がなくて、すみません。私は、奥宮優子と申します」

「えぇ。柚木から聞いています。さぁ、どうぞ、おかけ下さい」

促されるまま、優子は椅子に腰かけた。そして、名刺を見た。「弁護士　天地 優」と書かれていた。

「あの……すみません。天地先生、下のお名前はなんてお読みするんですか？」

「僕は、アマチスグルです」

「スグルさんですか……私は優子です。同じ漢字ですね」と、優子は微笑んだ。

「そうなんですか」と、精悍な顔立ちの天地も微笑んだ。

「ここに住所とお名前を書いて下さい」と、天地は優子に紙を渡した。

「はい」と、優子は渡された用紙に、天地の貸してくれたペンで記入をした。

「ほんとだ。優子さんですか！　同じ漢字ですね」と、天地が驚いて微笑んだ。

「えぇ！」と、優子もまた微笑んだ。


天地は、優子の人を疑わない無邪気な笑顔を見て、一目で優子の純真さを感じとった。そして、柚木が優子を大事に思う気持ちがよく理解できた。

「遺産相続と、生命保険の事でお困りなんですよね」

「えぇ。私、何もわからないんです」

「平野にお住まいですか。一軒家ですか？」

天地は、優子の書いた住所を見ながら言った。

「はい。一軒家です」

「失礼ですが、ローンとか、ありますか？」

「いいえ。祖父の代からの古い家なので、ありません」

「名義人はお父さんでしょうか？」

「そうです。でも、相続税とか名義変更とか、どうするのか全く知らなくて」

優子は不安そうに言った。

「本当に大変でしたね」と、天地は優子を思いやった。

「親戚もないですし、もう母と二人っきりになりました」と、優子は肩を落とした。

「遺言書に、特に相続の事は書かれていなかったのですね？」

「はい」

「わかりました。相続人は、お母様と貴女になります。それでいいですか？」

「ええ。……あの、母が探してくれて、登記簿謄本とか、色々と持って来ました」と、優子は封筒を天地に渡した。

「では、拝見しますね」

天地は、渡された封筒から書類を出して見た。

「保険の証書も入れてあります」と、優子は言った。

「なるほど。では、今度、戸籍謄本を役所でとっておいて下さい。ここの事務所に送って下さったらいいです。それから、お母様と貴女の実印を作って、印鑑登録をしておいて下さい」

天地はテキパキと話した。

「相続税って、かかるんでしょうか？」

「場合によります。これはお預かりしていいですか？」

「えぇ。お願いします」

「大体わかりました。じゃぁ、あとは僕が調べてやります」

「私、もう、いいんですか？」

「はい。次は、僕からご連絡をします。その時に、身分証を持って来て頂いて、印鑑を押したり、実印を押して頂いたりをお願いします」

「ありがとうございます」と、ホッとした優子は、笑顔で頭をさげた。

＊

金曜日の午後二時。優子は、また病院へ行った。待合室では、モーツァルトの「ピアノ協奏曲第二十一番ハ長調」が静かに流れていた。優子は、この曲が好きだった。

診察室に呼ばれた。

「先生。教えて頂いた法律事務所へ行ってきました。おかげさまで、天地先生が全てして下さるって。本当にありがとうございます」と、優子は頭をさげた。

「そうですか。それは良かった」と、柚木は自分の事のように安堵した。

「それで、発作はまだ起こりますか？」

「ええ。昨日も夕方、食事の支度をしようと台所に立っていたら、息がおかしくなりそうで、すぐ先生に頂いている頓服薬を飲みました。そしたら、十五分ほどで治まりました」

「お辛いですね」

「でも、おかげさまで、前よりはずっとましです」

「夜は眠れていますか？」

「お薬のおかげで眠れています。ただ、昨夜、凄く恐い夢を見ました」

優子は、まだおびえているように首をすくめた。

「どんな夢ですか？」と言い、柚木は優子をジッと見つめた。

「私、首のない少女だったんです。それに裸でした」と、優子は震えながら言った。

柚木は机に両肘をつき、身をのりだして聞いた。

「私、家の座敷の押し入れの中に、何故だか身を隠していました。外の様子をうかがって、押し入れから出ました。四つん這いで出てきて、誰もいなくて……そして、自分が裸だと気付いて、十三歳くらいの体でした。中学生だと思いました。それから、首から上がないって気付いて……私、変なんですけど、その自分をどこかから、今の自分が眺めていて、ギャーって叫んで、そこで、目が覚めたんです」

優子は両手を胸にあて、青ざめた顔で話した。

「とてもリアルで、今思い出しても恐いです」と言って、今度は両手を口にあてた。

柚木は考え込んだ。

「首がない……少女だった……裸か……」と、柚木は、独り言のように言った。

「奥宮さん。中学生時代、貴女は何か悩んでいましたか？」

優子は少し考えた。

「悩んでいると言うより、淋しかったです。学校では大人しい優等生ってみられていて、友人もいませんでした。進学のために、みんなは塾へ行ったりしていましたが、私は特に受験勉強はしませんでした。父がそれでいいって。女の子だから、進学校へ行かなくていい。女子高へ行って、女子大を出たら、それでいいって。……でも、母はちがったかもしれません。何も言いませんでしたが。ただ……」

「ただ、ただ何ですか?」

「孤独でした。両親が仲が良くて。一人っ子だから、可愛がられたでしょって、よく言われるんですけど、私は、父と母から孤立していました。二人の中には、入っていけませんでした。思春期の頃、特に淋しかったです」

「ご両親から愛されていなかったと?」

「いえ、愛してくれていたとは思います。でも、いい子でいなければ、素直な女の子でいなければ、何だか愛してもらえないような気がして、そう振る舞っていました。だから、自分の事がよくわからなくて、淋しかったです。……父を亡くして、今また特に淋しいって感じています。……首がないって、リアルで本当に恐い夢でした」と言い、優子はまだ震えていた。

(かわいそうに……)柚木は、夢の分析をし、優子が多感な頃、反抗期もなく、自己形成の発露を閉ざされ鬱積したまま大人になってしまったと理解し、そう思った。

「私……今、母と居て思うんです。父じゃなくて、私が死ねば良かったのにって……」

優子の瞳から、涙がこぼれ落ちた。

「奥宮さん。そんなふうに思ってはいけません。お母さんにとって、貴女はかけがえのない大切なお嬢さんです。お父さんの事は、本当にお気の毒でしたが、貴女がご自分を責めてはいけません」

柚木は親身に言った。

「先生。母をどう慰めてあげればいいんでしょうか？　あんなに社交的だった母が、毎日家に閉じこもってしまって。私達、もう長らく笑った事がないんです」と、優子は泣き続けた。

「時間です。よく言う事ですが、時間が解決するっていうのは本当です。大切な人を亡くされた喪失感は決して消えませんが、時間をかけて、受けとめられるようになっていくものです。それより、ずっとお聞きしていると、貴女はお母さんの心配ばかりを仰る。だけれど、貴女ご自身が傷ついている。貴女は本当に優しい人です。でも、ご自分にも優しくしなければ、心が折れてしまいます。現に、過換気症候群になり、不眠症も発症しておられる。ご自分をもっと大事にして下さい」

柚木は優子を思い、本当に胸を痛めてそう言った。

「ありがとうございます。先生は本当にお優しくて、ご親切ですね。感謝しております」と、優子は涙を拭きながら言った。

「恐かった夢は、お忘れなさい。深追いしない事です。ちょっと休んでいかれますか？　隣りにベッドが一台ありますから、良かったら休んでからお帰りなさい」と、柚木は勧めた。

「ええ」と、優子は頷いた。

「すみません」と、柚木がカーテンの向こうに声をかけると、看護師が来た。

「奥宮さんを休ませてあげて」と、柚木は看護師に指示をした。看護師に連れられ、優子はカーテンの向こうへ入った。白いシーツのかかった簡易ベッドがあり、枕と毛布もあった。優子は靴を脱いで、ベッドに横になった。看護師が毛布をかけてくれた。優子は目を閉じた。疲れていた優子は、静かに眠りにおちた。


目が覚めてみると、もう六時を過ぎていた。静かにモーツァルトの「クラリネット協奏曲イ長調」が聴こえていた。優子は靴を履き、カーテンを開け、診察室をそっと覗くと、柚木が一人で書き物をしていた。

「先生。ありがとうございました。すっかり眠ってしまって」と、優子は声をかけた。

「あぁ」と、柚木は手をとめ、優子を振り返って見た。

「眠れましたか！　それは良かった」と、柚木は笑顔で言った。

「先生。モーツァルトがお好きなんですか？」と、優子は聞いてみた。

「ええ。そうなんです。クラシック音楽が好きでね」と、柚木は笑顔で答えた。

「父もそうでした。おかげさまで、久しぶりに良く眠れ、楽になりました」

「それは良かった！　じゃぁ、気をつけてお帰り下さい」

「はい。ありがとうございました」

優子は柚木に、深々とお辞儀をして、ドアを出た。優子は何だか胸の内にあたたかいものが広がるのを感じた。優子は、柚木を特別に思い始めていた。

*

その後、天地から連絡があって、優子は二度、西天満の事務所へ行った。天地が代行してくれて、土地家屋の名義変更の登記も法務局で済んだ。父の生命保険も、免責期間を過ぎている事と、精神的な深いダメージがあり、保険金目的の自殺でない事を、天地が指摘して、ほどなく受け取る事ができた。相続税も、どうやってくれたのか、思ったより少なくて済んだ。

優子は天地に感謝し、「おいくらですか？」と聞いたが、天地は「柚木に頼まれた事は、仕事ではないので、いらない」と言いきった。優子は母と相談をし、お礼に寸志を包んで菓子折を持ち、近々、天地を訪ねる事にした。

天地は、三度会っただけだが、優子に強く心惹かれていた。父親が自殺し、辛い中で、健気に母親を支え、家の問題に立ち向かい、いつ会っても柔らかく微笑む優子に、心打たれていた。控えめな雰囲気で静かに話し、聞けば、花が好きで、いけばな教室をやっていると言い、その話になると、パッと明るい笑顔になるのも可愛いと思った。

天地はよくモテて、三十一歳のこれまで、何人かの彼女がいたが、いつも今一歩の何かが物足りなくて、結婚に至らず、まだ独身だった。柚木とは、京都大学で、一回生の時、一般教養の授業でよく一緒になり、意気投合した。医者と弁護士と、めざす道はちがったが、人を助けたいという共通の思いがあり、何でも話せ、わかり合える仲だった。柚木がスイスのユング研究所に留学していた時、スイスに訪ねて行き、一緒に標高三四六六メートルのユングフラウヨッホへも登った。何でも語り合える唯一無二の親友だった。

天地は真っすぐな性格で、隠し事が嫌いだった。特に柚木には、隠し事をしたくない。そう思って、天地は柚木を誘って、飲む事にした。

鶴橋《つるはし》の焼肉屋で、二人は二年ぶりに会った。天地が店を予約し、先に来ていた。

「よっ！　元気だったか」

店に入って来た柚木に、天地が声をかけた。

「あぁ。久しぶりだな。奥宮さんの事、本当にありがとう。彼女、喜んでいたよ」と、柚木が礼を言った。二人は上着を脱ぎ、煙の匂いがつかないよう、店から渡されたビニール袋に、それぞれ入れた。

「その奥宮優子さんの事で、今日、話したいんだ」と、天地は早速、本題に入った。

「どうしたんだ？」と、柚木は聞いた。

威勢のいい店のおやじさんが、二人にビールジョッキを持って来た。

「カルビは二人前、大盛りで頼む」と、天地が言った。

「あいよ！」と、おやじさんが返事をした。店内は、周りのテーブルの焼肉の煙で、もうもうとしていた。アッという間に、おやじさんが、大皿に盛ったカルビを持って来て、二人の前の鉄板にのせ始めた。肉の焼ける香ばしい匂いがしてきた。

「まぁ、飲もう！　乾杯だ！」と、天地が言い、ビールジョッキを持ちあげた。

「あぁ！」と、柚木もジョッキを持ちあげた。

「乾杯！」と、二人でジョッキをカチッと合わせ、飲んだ。

「カーーッ！　美味いねぇ！」と、天地が笑った。

「それで、奥宮さんがどうしたんだ?」と、柚木が聞いた。

「あぁ。ハッキリ言う。俺は彼女の事が好きだ。交際をしたいと思っている」

天地は正直に言った。柚木は驚くと同時に、胸に何かチクッと刺さるような思いがした。

「お前から頼まれた事は解決した。だが、彼女がどんな病気か、俺は知らないし、精神的な病気はきっとデリケートなんだろうと思うから、主治医のお前に、どう告白したらいいのか、気をつける事があれば教えてもらいたい。俺にとって、これまでの女性とは全然ちがうんだ。名前も字が同じだし、運命を感じている。真剣な気持ちだ。医者の守秘義務があるのは承知している。お前が許せると思う範囲でいいから、彼女の事を教えてくれ。頼む」と、天地は頭をさげた。柚木は胸が疼くのを感じた。だが、自分は医者であり、患者である優子に、口を出せない立場にあるのもわかっていた。

「彼女は過換気症候群といって、精神不安や強いストレスで過呼吸の発作が起きる病気だ。それと、不眠症もある。非常に仲のいい両親の元で、大事に育てられた典型的なお嬢さんだが、父親が自殺して、母親とは葛藤が生じていて、今とても不安定な精神状態だ。内向的で、ずっと異性関係がなかったが、去年から四ヶ月だけ、大学の数学科の助手の男と付き合っていた。ただ、手もつながない関係のまま、繊細な彼女は悩みぬいた末、つい最近別れた。その男が、彼女にストーカー行為をしたので、男性不信状態にあると思われる。告白を受け入れるか難しいかもしれない。華道を本当に生きがいに思っている一途な女性だ。以上だ」

柚木は、冷静に客観的に、優子の事を話した。

「ありがとう」と、天地は礼を言い、柚木に頭をさげた。

「お前を信用しているが、これだけは言っておく。彼女は本当に純粋な女性だ。今の時代に珍しい、清らかな精神を持った人だ。傷つけるような事は絶対にしないと約束してくれ。主治医として、彼女が快復して幸せになる事を願っている」

柚木は言いながら、主治医として、と言った自分の気持ちに、わざとらしさがあったと思った。

「あぁ。約束する。必ず、彼女を幸せにする」と、天地は、柚木をしっかりと見て言った。

「お前に彼女を紹介したのは、僕だからな。責任を感じるんだ」と、柚木は言った。言ってから、そうだ、自分が引き合わせたのだと、心の奥が苦しくなった。だが、天地は本当にいい奴だ。天地なら、任せてもいいと、自分に言いきかせた。

「おかげで俺は、運命の女性に出逢えたよ。ありがとう。今夜は飲もう！」と、天地が言った。

「あぁ」と、柚木は苦笑した。

四

三月八日（日）の朝に、天地は優子に電話をかけ、リーガロイヤルホテルのラウンジに、午後二時に来てほしいと言った。優子は、思いがけない電話をもらい驚いたが、自分から連絡するつもりだったので、「伺います」と、すぐ言った。優子は、行く道中で菓子折を買い、お礼の寸志を入れたのし袋を菓子折に添え、菓子折の紙袋に入れて持った。お世話になったので、待たせては失礼だと思い、優子は一時半にはホテルに着いた。分厚い絨毯の上を歩いてフロントを通り過ぎ、ラウンジへ入ると、天地は先に来ていた。優子を見るなり、立ちあがって会釈し、テーブルに招いた。

「急にお呼びだてして、すみません」

「いいえ。私こそ、先生にお会いしたいと思っていたんです」

「まっ、かけましょう」と、天地が言い、二人は椅子に座った。ボーイが来て、優子の前に水の入ったコップを置き、天地にメニューを差し出した。

「僕はホットコーヒー。貴女は？」

「私も同じで」と、優子は答えた。ボーイがスッと去って行った。

パステルピンクのワンピース姿の優子が来て、ラウンジは一気に春めき、あたりの人は、皆ちらっと、優子を横目で見ていた。天地も胸がときめいた。

「あの」

二人は同時に口を開いた。

「ごめんなさい。先生からどうぞ」と言って、優子は目をふせた。

「いえ、貴女からどうぞ」と、天地は言った。少し間があって、優子が顔をあげた。

「先生。この度は大変お世話になって、本当にありがとうございました。これは、ほんの気持ちばかりなんですけど、どうかお受け取り下さい」と、優子は寸志と菓子折の入った紙袋を差し出した。

「いや。それは困ります。前にも言ったように、柚木からの頼まれ事で、あれは仕事じゃありませんから、頂くわけにはいきません。どうぞ、お納め下さい。本当にお気遣いなく」と、天地は、優子を制止した。

「そんな。とっても良くして頂いて。持って帰ったら、母に叱られます。ほんのお口汚しですから」と、優子は言った。

「礼なら柚木に言って下さい。とにかく、僕は何も受け取りませんから。せっかくのお品をすみません。お母様によろしくお伝え下さって、それは、お父様にお供え下さい」と、天地は言った。

優子は仕方なく紙袋をひっこめ、椅子の横に置いた。

ボーイが来て、二人の前にコーヒーカップを置いて行った。

「奥宮さん。今日お越し頂いたのは、その事ではありません」と、天地は気持ちを落ち着けながら言った。

「何でしょう?」と言い、優子はけげんそうに、天地の顔を見た。

「奥宮さん。いや、優子さん。貴女の事が好きです。僕と付き合って下さい」と、天地はひと思いに言った。

思いもしなかった言葉を聞き、優子はびっくりした。何と答えたらいいのかわからなくて、しばらく黙ってしまった。優子は考えた。背が高く、精悍な顔だちの天地は、知的で明るく、好感が持てた。こんな素敵な男性に、自分はつり合うのだろうか? 優子は自信がなかった。

「柚木先生から聞いていらっしゃるでしょ? 私、病気なんです。父はあんな亡くなり方をしました。その娘です。……私なんかで、いいんですか?」

優子は、ゆっくりと、自分でも確かめながら言った。

「貴女だからいいんです。貴女しか考えられない。優子さん。貴女に逢って、僕は初めて女性に安らぎを感じたんです。こんな気持ちは初めてです。僕と付き合って下さい」

天地は、優子をジッと見つめて、熱烈に言った。純粋な優子は、その熱い想いを素直に感じとった。天地の真っすぐな気持ちが心に響いた。

「……私でよければ」と、優子はささやくように言った。

「付き合って頂けるんですね!?」と、天地は聞いた。

「えぇ」と、優子は小さな声で答えた。

「ありがとう！　あぁ、良かった」と言い、天地は笑顔を見せた。

その時、ほんの一瞬、優子の頭の中に柚木の顔が浮かんで、何かひっかかりそうになったが、それは泡のように瞬間で消え、天地の笑顔を見て、優子も微笑んだ。

「今日このあと、何かご予定はありますか?」と、天地が聞いた。

「いいえ」と、優子は答えた。

「年末から話題になっている映画『タイタニック』は、もうご覧になりましたか?」

「いいえ」

「この近くで、まだ上映している映画館があるんですが、一緒に観ませんか?」と、天地は誘った。

「えぇ」と、優子は微笑んだ。

『タイタニック』のラストで、優子は鼻をすすって泣き、ハンカチで頬の涙を拭きながら観ていた。隣りに座る天地は、そんな優子を愛おしく想った。

映画館を出て、二人は、イタリアンレストランに入った。もう夕食時だった。

「母に連絡しておきます」と言って、優子は横を向いて携帯電話をかけた。

「失礼しました」と言い、優子は携帯電話をバッグにしまった。店員が席に案内し、二人は向かい合って座った。天地がコース料理を注文した。

「ワインは飲まれますか？」

「ちょっとだけなら」と、優子は答えた。天地はグラスワイン二つも注文した。

「門限は何時ですか？」と、天地が聞いた。

「十時です。でも大丈夫です。天地先生と一緒だって言ったら、母がびっくりしていました。それに安心したみたいです」と、優子は微笑んだ。

「帰りは暗いから、家までお送りします」

「いいです。タクシーに乗りますから」

「いいえ、送らせて下さい。一分でも長く、優子さんといたい」

そう言われ、優子は頬を赤らめた。

「ここまで一緒に歩いていて、思ったんですが、貴女はずっと僕の一歩後ろを歩かれていましたね。並んで歩けばいいのに。どうしてですか?」と、天地は聞いた。

「だって、恥ずかしくて……」と、優子は答えた。

「全く貴女は、何てしおらしい女性なんだ。優子さんみたいな女性は初めてです。僕まで恥ずかしくなって、戸惑うなぁ」と、天地は率直に言った。

「ごめんなさい」

「いえ、何も謝る事はないですよ。僕はただ、貴女みたいな女性に出逢えた事に感動しているんです」と言い、優子を見て、天地は微笑んだ。優子もはにかんで微笑んだ。

「映画、評判通り良かったですね」

「私、泣いちゃって恥ずかしいわ。お化粧もとれたでしょ。ごめんなさい」

「大丈夫。綺麗ですよ」と言って、天地は微笑んだ。優子はまた頬を赤らめた。

「でも、酷いわ。ジャックが死んで、ローズが生き残るなんて。私だったら、生きていけないわ」

と、優子は不服そうに言った。

「二十世紀最大の海難事故、豪華客船タイタニック号の悲劇を、究極のラブストーリーに仕立てあげるなんて、ジェームズ・キャメロン監督は流石だな」と、天地は感心して言った。

「世の女性が、レオ様って憧れるのも当然だって思いましたよ。ディカプリオみたいじゃなくて、すみません」と、天地は笑って頭をさげた。

「ううぅん。先生の方が素敵です」

　優子は真面目な顔で言った。

「ありがとう。優子さんにそう言ってもらえて幸せだなぁ。ところで、先生なんて呼ばないで。天地さんでいいですよ」

　ロゼのワイングラスが運ばれて来た。

「今日は僕達の大切な記念日だ。乾杯しましょう。乾杯！」と、天地が言い、優子とグラスをカチッと合わせた。

「優子さん。僕は今日の事を一生忘れませんよ。これから、ゆっくりお互いの事をわかり合っていきましょう。何でも僕に言って下さい。どんな小さな事でも、一人で悩まないで、僕に言って下さいね」

　天地は、優子の大きな瞳をジッと見つめて、そう言った。

「先生。いえ、天地さん。本当にありがとうございます。こんな私ですけれど、よろしくお願いします」と言い、優子は頭をさげた。

前菜が来て、パスタが来て、ピザも来た。二人は微笑み合いながら食事を楽しんだ。

「いけばな教室は、いつされているんですか？」

「火曜日と木曜日と土曜日のお昼です」

「ふーん。忙しそうですね」

「ううぅん。生徒さんは八人だけです。まだまだです」と言い、優子は微笑んだ。

「嵯峨御流でしたね？」

「えぇ。嵯峨天皇様から始まった由緒ある素晴らしい流派です。千二百年の歴史があるんです。私、嵯峨御流に出逢えた事、本当に幸せに思っているんです」

「優子さんの、その花を語る時の輝いた顔。僕、好きだなぁ。本当に綺麗だ」

天地は、優子に見とれて、そう言った。

「天地さんの、お仕事をなさる時のお顔も素敵だわ。話していらっしゃる間、私、本当に頼もしく思って見ていました」

「ありがとう。照れるなぁ」と、天地はうれしそうに笑った。

「弁護士って、大変なお仕事でしょ？」

「ええ。まぁ、大変といえば大変ですが、僕は好きでやっています。世の中には理不尽な事がいっぱいあって、しいたげられ困っている人がいっぱいいる。そんな人達のために、少しでも役に立つよう、働きたいって思っているんです。大手の会社の顧問弁護士なんかになれば、手堅い収入もあるんでしょうけど、そういうのより、僕は弱い立場に追いやられて困っている市井の人々の役に立ちたいんです。理想主義者って、よく言われるんだけど、そうあってこそ本当の弁護士じゃないかって、そうありたいと思って頑張っています」

天地はつい、熱弁をふるった。

「天地さんて、本当に素晴らしいわ。今のお話、私、感動しました」

優子は天地の顔をジッと見つめて言った。

「僕達、名前も同じ字だけど、この間に出逢ったばかりなんて気がしないなぁ。ずっと前から、貴女の事を知っていたような気がする。今、僕は不思議で幸せな気持ちですよ」と、天地は感慨深そうに言った。二人は見つめ合って、食事を楽しんだ。

優子が時計を気にし始めた。

「そろそろ帰りましょうか？」

「ええ」

「今度、そうだな、水曜日に夕食をご一緒できませんか？」と、天地は聞いた。

「えぇ。お花もありませんから、大丈夫です」

「良かった。じゃぁ、又しあさってに。とにかく家までお送りします」

二人は店を出た。


JR平野駅を降りて、優子の家までは、歩いて十二分ほどだった。昔からの旧家らしい門構えで、表札に「奥宮」とあり、庭の大きな槙の木が見えていた。

「ありがとうございました」と言い、優子がお辞儀をした。

「僕こそ、ありがとう。楽しかった」と言い、天地は右手を出した。優子も自然と右手を出し、二人は握手をした。優子は初めて男性に触れ、ドキッとした。

「じゃぁ、また連絡します。どうぞ入って。お母様が心配されてるでしょうから」と言い、天地は優子が門の中に入るよう促した。優子が中から門を閉めるのを見届けてから、天地は帰って行った。


優子が家に入って時計を見ると、九時五十五分だった。真弓は、娘から一部始終を聞き、飛びあがらんばかりに喜んだ。

「もう一度、天地さんの名刺を見せてちょうだい！」と言った。優子は、バッグから手帳を出し、表紙にはさんでいた天地の名刺を母に渡した。

「天地 優さんだなんて！ 優子ちゃん！ これこそ運命の人よ！ あぁ、お母さん、うれしいわ！ 貴女がどうなるかって、心配したけど、良かったぁ」と、泣かんばかりに喜び、笑顔を見せた。母の笑顔を見て、優子は本当にうれしく思った。

「今度、家まで送って頂いたら、きっと家に入って頂いてね。お母さん、ちゃんとご挨拶したいの。ねっ！」と、優子の手をとった。優子は黙って頷いた。

真弓は、優子が買った菓子折を開け、仏壇へ供えた。達雄の遺影に微笑みかけ、手を合わせ拝んだ。優子も一緒に手を合わせ拝んだ。

＊

水曜日の午後六時半に、梅田《うめだ》で待ち合わせをし、二人はまた食事を一緒にした。天地の行きつけの寿司屋で、九時まで話し続けた。優子はどんな話を聞くにも、天地と真っすぐに視線を合わせ、大きな瞳でしっかりと見つめた。わからない事は素直に質問をし、天地は優子にわかるように、易しく説明をした。二人の距離は急速に縮まった。

家まで送ると、真弓が出て来て、天地に家に入るようにと言った。天地は素直に応じ、家にあがり、応接室に通された。優子が子供の頃に習って弾いていたピアノがあった。達雄が愛した古いステレオもあり、上質の落ち着いたしつらえの部屋だった。えんじ色のビロードのソファーに、天地は勧められるままに座った。

「天地先生。本当に色々とお世話になって、ありがとうございました。その上、優子とお付き合い下さるなんて、夢みたいにうれしくて、ありがとうございます」と、真弓は礼を言った。

「いえ。お力になれて、僕もうれしいです」と、天地が言った。

台所で紅茶を入れ、それを盆にのせた優子が部屋に入って来た。

「どうぞ」と言い、優子は紅茶のカップを天地の前にそっと置いた。

「ありがとう。どうぞお構いなく」と、天地は言った。

「世間知らずな娘ですが、どうぞよろしくお願いします」と、真弓が言うや否や、天地が口を開いた。

「僕をご信頼下さって、ありがとうございます。優子さんとは、結婚を前提に交際させて頂きたく、お願いします」

優子は驚いて目を見開いた。

「大切にお育てになられた素晴らしいお嬢さんです。出逢って間もなくて、驚かれるかもしれませんが、僕は優子さんを愛しています。それを、お母さんにご理解頂き、お許しを頂きたく、お願いします」

天地は揺るぎない想いをハッキリと宣言した。真弓の顔が見る見る明るくなった。

「天地さん。こちらこそ、どうぞよろしくお願い致します」と、真弓は深く頭をさげた。

「お母さん。どうぞ、頭をお上げ下さい。お許し下さって、ありがとうございます。優子さんは大変デリケートな方でいらっしゃり、ご病気の事も、柚木から聞いておりますので、結婚まで純潔を守る事をお約束します」

天地は強い意志を込めた目をして、真弓と優子に言った。

「この子の事を、そこまでご理解下さっている方に、何も言う事はありません。どうか、よろしくお願いします」と、真弓は涙声で言った。

「ありがとうございます。女所帯で、何かとお困りの事もおありでしょう。これからは何なりと、僕に言って下さい。できる限り、お力になります」

天地は尚、力を込めて言った。優子はただ、恥ずかしそうにうつむいていた。

「では」と言い、天地が立ちあがった。優子は母と一緒に、門まで天地を見送った。天地はうれしそうにお辞儀をして、帰って行った。


天地が帰ったあと、優子が応接室の紅茶のカップを片づけていると、真弓はソファーにもたれ、晴れ晴れとした顔で言った。

「優子ちゃん。お母さん、とってもうれしいわ。貴女は本当に幸せになれるわ！　お父さんも、きっと喜んで見守って下さっているわ。良かったわね」

優子は母に微笑んでから、盆を持って台所へ行った。洗い物をして、二階の自室に入った。ドレッサーの椅子に座り、鏡に映る自分の顔を見て、微笑んでみた。「幸せ？」そう自分に言ってみてから、何故かわからないが、ふと不安に襲われた。自分は天地を愛しているはずだ……なのに、胸の中を冷たい風が吹きぬけたような、不安がある。何なのだろう？　そう思った次の瞬間に、息が苦しくなってきた。優子は慌てて、ベッドの横のテーブルまで行き、頓服薬を出して水で飲んだ。

＊

金曜日の午後二時、いつものように、優子は病院の待合室にいた。モーツァルトの「フィガロの結婚」が、静かに聴こえていた。優子は戸惑い混乱していた。この一週間の間に起こった出来事と、昨日の夜に見た夢に驚き、どうしたらいいのか自分で自分を理解できなくなっていた。

「奥宮さん」

優子は呼ばれ、診察室に入った。

「お具合はどうですか？」

柚木は、いつものように穏やかな笑顔で聞いた。

「やっぱり時々、息苦しくなります。それに夢も……。先生。先生は独身ですか？」と、優子は聞いた。

「えぇ」と、柚木は答えた。

「ふーっ」と、優子が溜め息をついた。

「何かありましたか？」と、柚木は聞いた。

「先生。私、天地さんから交際を申し込まれたんです」と、優子が言った。

柚木はギクッとした。だが、すぐに平静を取り戻した。

「天地から聞いています。それで、貴女は交際をされるのですか？」

「はい。日曜日に一緒に映画を観て、お食事をご一緒しました。水曜日も夕食をご一緒して、家に送って頂いて、母が家に入って頂きなさいって言って。そしたら、母に、結婚を前提に交際したいとハッキリ仰って……」

柚木は、天地らしいなと思った。

「それで、貴女のお気持ちはどうなんですか？」

柚木は、自分でもわからないが、まるで死刑台に立たされた囚人のような思いで、優子の言葉を待った。

「えぇ。ご信頼し、ご尊敬しております。一緒にいて、安心できて、楽しいとも思います。ただ……」

「ただ、ただ何ですか？」

柚木は息を殺して、優子の言葉を待った。

「昨夜、凄い夢を見てしまったんです。先生は以前、確か、夢には深層心理が表れるとか仰いましたよね？」

優子は気のぬけたような目つきで、柚木に聞いた。

「まっ、そういう面もあるという事ですが。一体どんな夢を見られたのですか?」

「私……昨夜、先生の夢を見たんです」と、優子は柚木の顔を見すえて言った。その艶めかしい目つきに、柚木はドキッとした。いつもの優子とはちがう目だった。

「シャガールの絵の恋人達みたい」と言って、優子がニコッと笑った。

「シャガールの絵?」と、柚木は聞き返した。

「そうです。先生が、私のベッドの脇に立たれて手を差し出して、寝ている私に、おいでって呼ばれて……私は、先生のその手に自分の手をのせたんです。そしたら、二人で窓をぬけて空へ舞い上がって行って、先生は私を抱きしめられました。そして、私に仰ったんです。《君を解放してあげる》って。私、そのまま気を失って……気がついたと思ったら、目が覚めたんです。……天地さんは、母に、結婚まで私の純潔を守るって言われました。なのに、私、先生に抱かれる夢を見たなんて。どういう事かしら? 今とても混乱してるんです」


柚木はまずいなと思った。「転移」を起こしていると。「転移」とは、医者と患者の間で、特に女性患者が、男性の医者に、依存するあまり、患者ではなく生身の女性として、自分を治療してくれる担当医に、恋着をほのめかす事をいい、特に、精神分析治療の関係では、起こりやすい問題だった。優子は、不安定な自分を、包み込むように理解してくれる柚木に、「転移」を起こし始めたのかもしれない。

また、柚木は自分の事も考えてみた。「逆転移」か？　柚木は、優子に好意を抱いていたと自覚せざるをえなかった。なら、自分の「逆転移」が、優子の「転移」を引き起こしたのか？　いずれにせよ、治療の妨げになる状態だった。

柚木は、医者として新人の頃、当時十九歳の女性患者を担当した時の事を思い出した。その女性患者は、柚木に「先生と結婚したい」と言いだした。柚木は「転移」とわかったが、対処法に困り、先輩の医者に相談したところ、「担当をはずれるか、その女性と結婚するか、そのどちらかしかない」と言われ、結局、担当をはずれた。あの失敗は繰り返したくない。特に、大切に想う優子を突き放したくない。何とかしなければ。柚木は焦った。そして、明瞭な解決策を思いついた。

「奥宮さん。貴女はシャガールの絵が好きなのではないですか？」

柚木は落ち着いて、優しく言った。

「ええ。好きです。一度、美術館へも観に行きました」と、優子は答えた。

「それなら、この夢には何の問題もありません。ご説明します。貴女は、シャガールの絵が好きでいらっしゃる。そして、天地と交際をし始めた。天地は僕の親友で、僕は貴女の主治医です。貴女は、色々な問題をクリアしてきた結果、女性として精神的に成長された。そこで、好きなシャガールの絵からイマジネーションが膨らみ、これから進むべき恋人達の印象として、貴女に具体的に夢で体験をさせようと、貴女の深層心理が働いた。その中で、本来の対象である天地より、カウンセリングで心理的に親しみを持っている僕を相手役として登場させた。天地と僕が親友関係である事を、貴女は当然ご存知です。夢の中の僕は、天地の代役です。それ以上の意味はありません」

話し終わって、柚木は優子の様子を見守った。

「先生。じゃぁ、私、天地さんを愛しているんですね?」

優子は真剣な目で、柚木に問いかけた。

「そうです」と、柚木は頷いて答えた。

「あぁ。良かった。私、自分がおかしくなったのかって、凄く不安だったんです」

「天地はいい男ですから、信頼されたらいいですよ」

「はい。ありがとうございます」

「では、また来週に」と、柚木は優子に会釈して、診察を終えた。優子が出て行ってから、柚木はうなだれ、両手で頭をかかえた。

＊

日曜日の午後一時に、天地は優子に言われ、百貨店そごう心斎橋《しんさいばし》本店の華展会場へ行った。入り口に「女流いけばな芸術展」と書かれており、たくさんの人が出入りしていた。受付に言うと、髪を綺麗にアップにした優子が、黄色の華やかな着物姿で出て来た。天地はその美しさに息をのんだ。

「よくいらして下さいました。ご案内します」と、優子はにこやかにお辞儀をした。

「貴女は本当に美しいですね。着物姿もよくお似合いだ」と言い、天地は優子に見とれた。

「さぁ、どうぞ」と言って、優子が会場へ入り先導した。

天地は華展を鑑賞するのは初めてだった。三月中旬で、花の美しい頃だけに、色々な花が、様々な花器に生けられていて、美しく興味深かった。優子が、いけばなを生きがいに思っている気持ちが、天地なりに理解できた。

「優子さんの花はどれですか？」と、天地は聞いた。

優子はうれしそうに手招きして、小走りした。天地はついて歩いた。

「これです！」と、優子が案内して、手で指した。華席には「嵯峨御流」と書かれ、名前の札が三つ並んで置かれ、その中に「奥宮優甫」と一枚の札があった。花は、大きな水盤が奥から手前まで三つ並んでいて、奥の二つは緑豊かで力強く、手前の水盤は春の花が美しく生けてあった。

「これは、景色いけといって、嵯峨御流にしかない生け方なんです。奥から、深山の景、森林の景、野辺の景と、水の流れを表現しています。一番奥の深山の景は、神が宿る神聖な深山から、生命の源である水が生み出され、渓流となり水が流れて行く景色です。伊吹《いぶき》、夏櫨《なつはぜ》、躑躅《つつじ》と緑の木々を生け、青いカンパニュラの花を少し生け、石を置き、古木を挿し、神秘的な力強さを表現しています。まん中は森林の景で、渓流は穏やかな流れから、やがて湖になり、木々と空が映し出され、天と地の融合した湖面の景色です。伊吹、躑躅で、緑の木々を生け、白い小菊を少し生け、古木を倒して置き、幻想的な静寂さを表現しています。この手前は野辺の景で、上流から流れて来た水が里で小川となった景色です。若々しい麦の穂、春の菜の花、小さな赤いカーネーション、紫色の都忘れと、春の彩りを生け、日陰蔓《ひかげかずら》で水辺を生け、のどかな景色を表現しています。私が生けたのは、手前の野辺の景です」と、優子は一生懸命に説明し、微笑んだ。

「素晴らしいですね！」と、天地は感心して言った。

「私、誕生日が二月六日で、誕生花は菜の花なんです。菜の花が大好きで、だから、この野辺の景を生けてる時、凄くうれしかったの」と、優子はニコニコして言った。

「優子さんらしい、優しい春の訪れを感じさせる花ですね」と、天地は言った。

「この、奥宮優甫《ゆうほ》って書いてあるのは何故ですか?」と、天地が聞いた。

「嵯峨御流は、他の流派とちがって家元制じゃなく、京都の嵯峨にある大覚寺が本所なんです。その大覚寺で、江戸時代に、華道家の未生斎広甫《みしょうさいこうほ》は、嵯峨御所の華務職に就いて、華道の普及につとめたんです。だから、その広甫の甫をつけて、華名《かめい》にする事が多いんです。甫だけじゃなく、州《しゅう》とか、水《すい》とかが、つく名前もあるけれど……私は優甫が華名なの」と、優子は説明した。

「いけばなって、素晴らしいですね。初めて華展を観させてもらったけど、ダイナミックな花から、清楚な花まで、それぞれ美しくて、優子さんが何故いけばなを生きがいにされるのか、わかった気がします。特に、仰るように、嵯峨御流の景色いけは、自然でありながら、どこか型が感じられ、伝統文化の香り高くて、素晴らしいです」と、天地は言った。

「来て下さって、本当にありがとうございます。私のお当番の時間はあと三十分だから、待っていて下さる?」と、優子が聞いた。

「もちろん。優子さんはお昼まだなんじゃないですか?」

「ええ。そうなの」

「じゃぁ、一緒にランチを食べましょう。一階の心斎橋筋商店街側の入り口で待っています」と、天地が言った。

「ありがとうございます。じゃぁ、あとで」と、優子は忙しそうに、また奥へ行った。

三十分後、二人は会い、天地がよく知っているおでん屋へ案内し、遅いランチを食べた。そのあと、喫茶店へ行き、一緒にコーヒーを飲んだ。

「大変な盛況でしたね」

「おかげさまで」

「今日は、優子さんの事がわかって本当に良かったです」と、天地は言った。

「花はね、何も求めないの。ただ美しい。私も、花のように生きたいと思ってるの」と、優子は言った。

「花のようにですか。既に貴女は、花のように美しいですよ」

「ううぅん。美しさだけじゃなく、求めない心になりたいの。求めても得られない事って多いでしょ？　その度に苦しむ。だから、求めない平和な心で幸せになりたいの」

「哲学的ですね。でも、僕は優子さんに求められたいです。大いに僕に何でも求めて下さい」と、天地は笑顔で言った。

「ありがとうございます」と、優子も微笑んだ。

五

三月二十二日(日)の昼下がり、奥宮家では達雄の四十九日法要が執り行われた。方丈様が来て、床の間の仏壇の前に、真弓と優子が座り、その横に天地も来ていた。

方丈様が帰ったあと、届いた仕出し料理を、三人で食べていた。

「天地さんに来て頂いて、あの人も安心して成仏したと思います。本当にありがとうございます」

と、真弓が天地に頭をさげた。

「僕こそ、大切な日に呼んで頂いて、うれしく思っています」と、天地は答えた。天地は、仏壇にある達雄の遺影に向かい、優子を幸せにする事を胸の中で誓った。

優子は、食事の途中で、父の遺体に対面した時の恐怖がよみがえり、胸に手をあて、息がおかしくなるのを抑えようとした。

「ハァッ！　ハァッ！　ハァッ！　ハァッ！　ハァッ！　……」と、優子が苦しみだした。天地は驚いて、優子に近寄ろうとしたが、優子が手で、来ないで！と言う仕草をしたので、ジッとした。

「優子！　はい、薬よ」と、真弓が慌てて頓服薬を持って来て、優子の手に渡した。優子はそれを飲んだ。しばらく、優子は苦しんでいて、天地は心配し、何もできない自分に腹が立った。

三十分ほどして、優子はやっと落ち着いた。

「……ごめんなさい」と、優子は謝った。

「こんな発作は、よく起こるんですか？」と、天地は聞いた。

「ええ、時々。……福井へ、この子を行かせるんじゃなかった。私が倒れ込んだせいで、優子に辛い思いをさせてしまいました」と言い、真弓は暗い顔をした。

「本当に大変でしたね」と言ったが、天地は、あとに何と言えばいいのか言葉につまった。天地は、優子を何としても守りたいと思った。

「柚木のカウンセリングは、うまくいっていますか？」と、天地は優子に聞いた。

「ええ。毎週金曜日に診て頂いています。発作も減ってはきています」と、優子は答えた。

「いけばな教室のお仕事、大丈夫なんですか？　差し出がましい事を言うようですが、しばらく休まれて、治療に専念して養生なさった方がいいのではないですか？」と、天地は言った。

「私もそう思っているんです」と、真弓が言った。

「こんな事を言っては失礼ですが、お父さんの生命保険も受け取られましたし、しばらくは生活していかれるでしょう。その先は、僕が責任を持ちますから、どうか病気の快復を第一にして下さい」と、天地は言った。

「でも、生徒さんが……」と、優子は悩ましい顔をした。

「そんな事言わないで、天地さんのお言葉に甘えて、仰る通りになさい。早く治さないと、先が心配だわ。優子ちゃんが幸せにならないと、お母さんまで病気になってしまいそうだわ。お願い、わかってちょうだい。生徒さん達には、お母さんからちゃんとお断りするから」と、真弓が言った。

「そうして下さい」と、天地は真摯に言った。

しばらく考えていたが、優子はコクンと頷いた。

「でも、月に一回の、大覚寺のお稽古には行かせてね。私、お花を続けたいの」と、優子は言った。

「それは気分転換にもなって、いいでしょう。そうなさい」と、天地が言った。

「あぁ、良かった。何もかも天地さんのおかげです。ありがとうございます」と、真弓は安堵して言った。

「今日はお疲れのようだから、ゆっくり休んで下さいね」と、天地は優子を気遣った。

「本当にありがとうございます」と、真弓が礼を言った。

「では、僕はそろそろ失礼します。優子さん。お大事にして下さいね。また連絡します」

そう言って、天地は立ちあがった。

「何のお構いもできませんで」と、真弓も立ちあがった。

「では、失礼します」と言って、天地は帰って行った。


翌週の土曜日、天地は優子をドライブに誘った。優子の家まで迎えに来て、車で神戸の布引ハーブ園へ向かった。花が好きな優子を喜ばせようと、天地が調べた場所だった。車を止めてロープウェイに乗り、山頂に着いた。広い園内は、色々な花が咲き乱れていた。

二人で花々を見て楽しみながら、坂道をゆっくりと下った。パンジーやチューリップやマーガレットの花が、道の左右に一面に咲いていて、優子は明るくうれしそうだった。坂道を歩きながら、天地はそっと優子の手を握った。優子は一瞬ドキッとしたが、花に囲まれて歩いていて気持ちも軽やかだったおかげで、天地に任せ、そのまま二人は手をつないで歩いた。天地の手は大きくあたたかくて、優子は安心した。時々見つめ合い、恥ずかしそうに微笑む優子を見て、天地はうれしかった。

園内のレストランでランチを食べ、また花を見ながら坂道を歩いた。二人はお似合いで、もう本当の恋人同士だった。途中、ソフトクリームを買い、二人で舐めながら微笑み合って歩いた。駐車場までおりて来て、二人は車に乗った。

天地は、六甲山へと車を登らせた。優子に六甲山からの夜景を見せたいと思ったからだ。外は夕闇が迫っていて、車はどんどん山道を登って行った。車中で、天地はジャズのＣＤをかけていて、優子はリラックスして助手席で静かに聴いていた。天地がめざしているのは、六甲山天覧台で、六甲山系を代表する夜景スポットだった。昭和天皇がお立ち寄りになられた事から、「天覧台」と名付けられていた。

あたりが暗くなって、展望台に着いた。二人は車からおり、天地は優子の手をとって、展望台までエスコートした。

「まぁ！　綺麗！」と言って、優子は溜め息をついた。

「君も綺麗だよ」と言い、天地は優子の手を強く握った。優子は胸がキュンとした。

一〇〇〇万ドルの夜景と言われ、神戸はもちろん大阪平野から和歌山まで見渡せる広範囲な煌めく夜景は、空気が澄んでいて、本当に美しく、宝石箱をひっくり返したようだった。見下ろす街の光を、二人はうっとりと眺めた。

言葉はいらなかった。

広い世界の中、今は二人だけの世界に浸っていた。風があたったので、天地はジャケットを脱ぎ、優子の肩に着せかけた。

「ありがとう」と、優子は微笑んで、天地の顔を見あげた。優子は子供のように喜んで、夜景を見続けた。

「まだ見る？　冷えるといけないよ」

天地は優子に優しく言った。

「ええ。そうね。でも、ずっと見ていたいわ。本当に綺麗！　この煌めきを胸にしまうわ。連れて来てくれて、ありがとう。……もういいわ」と、優子が言った。

天地は併設するカフェへ、優子の手をひいて入った。温かいリゾットを注文して食べた。そして、コーヒーも注文した。店内の窓からも夜景が見えていて、優子はずっと眺めていた。コーヒーが来た。

「あったかいわ」と言って、優子はカップを持ち、左手で髪を耳にかけた。天地は優子に見とれた。

「この光のもとに、何千何万って人がいるのね」

優子はまだ夜景を見ながら言った。

「そうだね」

「私。幸せだわ。生きてて良かった」と、優子は独り言のように言った。

「私、今日の夜景の美しさを、一生忘れないわ。本当にありがとう」と、優子は微笑んだ。

「そんなに喜んでくれて、うれしいよ。これから、もっともっと楽しんで、二人の想い出をたくさん作ろう！」

「えぇ！」

二人は微笑み合った。

「優子さん」

「何？」

「優子って呼ばせてくれないかな？」と、天地は優子を見つめて言った。

「えぇ。どうぞ」と、優子は微笑んで答えた。

「それから、僕の事は、スグルって呼んでほしいな」

「ス・グ・ルさん？」と、優子はゆっくりと言ってみた。

「あぁ。そうだよ」と、天地は笑った。

「スグルさん。今日は本当にありがとう」と言い、優子はちょこんと頭をさげた。

「じゃぁ、優子。そろそろ行こうか」と、天地が笑って言った。

「ええ」

二人は店を出て、また車に乗った。帰り、天地はジャズをかけなかった。車は夜道を静かに下って、車内の二人は黙っていた。優子は少し緊張してきた。と、天地が車をゆっくりと左に寄せ、路肩に止めた。優子がどうしたのだろうと思っていると、天地が右手から優子にかぶさって来て、優子の肩を抱き、唇を奪った。優子はびっくりして、一瞬「あっ」と言ったが、天地はかまわずキスを続けた。天地は、優子がファーストキスなのを、すぐにわかり、舌を入れなかった。唇だけ優しく触れ合った。優子が肩を震わせたので、天地は少し顔を離して見た。優子の瞳は涙で潤んでいた。

「初めて?」と、天地が聞くと、優子は黙って、コクンと頷いた。天地はまた愛おしそうに優子の唇にキスをした。優しく唇を触れ合った。優子は次第に落ち着き、震えもおさまり、うっとりと脱力した。長いキスだった。

「ふーっ」と言って、天地は優子から離れ、座席の正面を向いた。

「優子。ありがとう」と、天地は言った。

「スグルさん。ありがとう」と、優子も小さな声で言った。それから静かに泣きだした。

「どうしたの? 怖かった?」と、天地が聞くと、優子はハンカチで涙を拭きながら首を横に振った。

「……うれしかったの」と、優子はささやくように言った。天地は笑って優子の頭を左手で撫でた。優子も笑った。

四月になってからも、二人は毎週末に天地の車であちこちへドライブし、デートを重ね、その度にキスをした。天地は慣れていて、色んなキスをした。何も知らない優子は、天地にまかせ、自然に応じた。天地はディープキスもした。優子は恥じらうが、意外に情熱的で、天地は益々、優子が愛おしく想われ、夢中になった。

四月の終わりには、天地が、知り合いから、行けなくなったので使ってほしいと、大阪城ホールで開かれる流行りの男性シンガーのコンサートチケットをもらい、優子を誘った。音楽が好きな優子は、喜んで一緒に行った。二人で並んで手拍子をし、笑顔いっぱいで歌も歌った。優子はだんだん明るくなっていった。

＊

優子は、病院のカウンセリングへは、二週間おきに行くようになっていた。発作は殆ど起きなくなってきていたが、不眠症は相変わらずで、夢も時々見た。優子は、柚木に会えるカウンセリングの日を、何故か、いつも心待ちにしていた。待合室でモーツァルトを聴き、穏やかな柚木の顔を見ると心が落ち着いた。医者と患者の良好な関係といえば、そうかもしれなかったが、優子の心の奥には、何か別の想いも潜んでいるようだった。優子は、天地を愛しながらも、全くちがうタイプの柚木に、信頼以上の想いを寄せていたが、自分ではその気持ちに気付いていなかった。

柚木は、優子から天地との交際が順調な事を聞き、それをきっかけに、優子の心の葛藤がほぐれてきている事を、医者として良かったと思った。だが、天地の話を優子から聞きながら、柚木は一人の男として、自分が心なしか苦悩しているのを感じていた。「逆転移」かもしれないと、柚木は自分の医者としての未熟さに苦しんでいた。

＊

天地は、優子に会うと心が癒された。五月から、難しい依頼人を担当して、仕事が大変だったが、優子といると仕事の事を忘れられた。天地は、優子に仕事の話はしなかった。二人だけの世界に浸りきりたかった。優子の笑顔を見ると心が安らいだ。

優子を送って行くと、真弓が家にあがるようにと言い、天地は度々、三人で夕食を一緒にとった。優子と真弓が作る手料理は美味しく、家庭のあたたかみを感じた。

「天地さんは、マンションでお一人暮らしなんでしょ？」と、真弓が言った。

「ええ。天満橋《てんまばし》の古いマンションを借りています」と、天地は答えた。

「普段、お食事はどうされているの？」と、真弓は尚聞いた。

「殆ど外食です」と、天地は答えた。

「なら、ちゃんとしたお食事をして、バランスのいい栄養をとらなくちゃ。優子は料理が得意なので、遠慮なさらず食べて帰って下さいね」

「ありがとうございます。いつも本当に美味しくて、ご馳走様です」

「ご兄弟は？」

「一人っ子です」

「ご両親は、どちらに？」

「岡山の古い家で、二人暮らしをしています」

「優子をご挨拶に行かせないといけませんね」と、真弓は真面目な顔で言った。

「いえ。急ぎません。優子さんの病状が落ち着かれてからでいいです。父は、津山の中学校で校長をしていますが、僕に常々、仕事も結婚も、自分の思うようにしろと言ってくれていますから。母も、僕自身が好きになり選んだ女性と結婚してほしいと言っています。両親とも、いけばなをされている優子さんの事を話したら、とても喜んでくれています」

天地の両親は、三十一歳になった一人息子から、やっと「結婚したい運命の女性がいるんだ」と聞かされ、喜び、安堵しているのだった。

「じゃぁ、いつか岡山へ帰られるの？」と、真弓は聞いた。

「いえ。いつか、僕が独立して、両親をこっちに呼ぶつもりです」

「そうですか。独立を考えていらっしゃるの。本当にご立派ですわ」と言い、真弓は娘をやるのに、これ以上の男性はいないと、安心した。

六月になって、優子は風の便りに、入江圭一郎が、その師である教授の令嬢と結婚するという話を聞いた。優子は心から祝福した。いつか入江もきっと教授になるだろう。自分が身をひいて、やっぱり良かったのだと、優子は思った。

それに、天地と出逢って、今、身も心も、天地 優を、自分は愛している。そう優子は自分の心を確かめて、幸せに思った。そう、自分は天地だけを愛しているはずだと。

天地は先月から引き受けた依頼人の裁判に向け、資料集め等の仕事に忙殺されていた。休日も返上しなければならず、優子が淋しがらないようにと、電話をよくかけた。優子は、天地を思いやり、負担にならないよう、大丈夫だと伝えた。

梅雨空の月曜日、優子は、家からガラスの細い花瓶を持ち出し、駅前の花屋で赤い薔薇《ばら》を一本と白いカスミソウ二本を買って、光愛法律事務所へ行った。聞けば、天地は出かけていて不在だったが、三度会って顔見知りの、メガネをかけた事務員の女性に言って、花を生けさせてもらった。天地の机を教えてもらい、その机の左端に、赤い薔薇と白いカスミソウを生けたガラスの細い花瓶を置いた。そして、こんな事もあろうかと、用意してきた天地宛ての手紙を、花瓶の下にはさんで置いた。外に出ると、雨が降りだしていた。優子は、バッグから、ピンク色の折り畳み傘を出し、広げてさし、女性にお礼を言って帰った。

入れ違いで事務所に帰った天地は、事務員から優子が来た事を聞き、自分の席についた。優子の生けた薔薇とカスミソウの入った花瓶を見て、優子らしいなとホッとして、笑顔になった。花瓶の下に封筒があるのに気付き、手にとって開けた。

優さん

勝手に来ちゃって、ごめんなさい。

お仕事、本当にお疲れ様です。私は毎日、優さんの事を想っています。会えなくても、優さんの事を想って、幸せでいます。窓を開けては優さんを想い、雨の音を聞いては優さんを想い、とにかくずっと優さんの事を想っています。

優さんのおかげで、色んな事を知れて、あぁ、女性に生まれて良かったなって、私は今、とっても幸せです。こんなに幸せで、もったいないなって思っています。私は何もできないけれど、この花を見て、少しでもホッとして頂けたらうれしいです。赤い薔薇の花言葉は……恥ずかしいから、今度お会いした時に、お話しします。どうか、お体にだけは、気をつけて下さいね。

いつも本当にありがとうございます。

優子 拝

天地は、優子の女らしい優しい字の手紙を読んで、ふわっと心が満たされるのを感じた。綺麗なガラス瓶に入った赤い薔薇を見て、花言葉は何だろう?と、首をかしげて笑顔になった。

第二章　指輪

一

七月二十五日（土）は、京都の祇園祭、東京の神田祭と並ぶ、日本三大祭の一つである天神祭の本宮の日で、夜七時半から奉納の花火が打ち上げられる。

天地は、自分のマンションから、花火が見られるからと、優子を誘った。夕食を先にとろうと、六時に大阪キャッスルホテルで待ち合わせをした。優子は艶やかな紺地の浴衣姿で現れた。髪は綺麗に結いあげていて、細いうなじを見て、天地はドキッと胸が高鳴った。

天地が予約しておいた中華料理を一緒に食べた。それから、橋を渡り、川沿いを一緒に歩いた。付き合って五ヶ月近くになるのに、優子は天地と手をつなぐと、恥ずかしそうにうつむいて歩く。すれ違う人達が、皆ちらっと優子を見て行く。天地は幸せだった。

天地の住むマンションに着いた。部屋は五階だった。ドアの前で、優子はちょっとためらった様子だったが、天地に呼ばれ、部屋へ入った。そこらじゅうに本が積んであって、お世辞にも綺麗とはいえない有り様だった。

「散らかってて、ごめん」と、天地は言った。

「ううん。私こそ、おじゃまします。また来ていい？　私に片づけさせてちょうだい」と、優子は言った。

「いいよ。それは有り難いなぁ。お願いします」と、天地は優子に手を合わせ笑った。

「こっちに来て！」と、天地はベランダに優子を呼んだ。

二人でベランダに出た。夏真っ盛りで暑い頃だが、川風がそよと吹いて、優子の後れ毛を揺らした。

ヒュー―
ドン！　ドドン！　ドン！　ドン！　ドン！
パラパラパラッ
ヒュー―　ヒュー―
ドドン！　ドン！　ドン！　ドン！　ドドン！　ドン！　ドン！
パラパラパラパラッ
ヒュー―　ヒュー―
ドン！　ドン！　ドン！　ドン！　……

打ち上げ花火が次々と空にあがった。赤や紫や青や黄色の大輪の花火が、パーッと夜空に大きく咲き、消えては咲き、消えては咲きを、繰り返している。勢いのいい音がお腹に響いた。

天地は優子の肩を抱いた。優子が天地の肩に頭をのせた。石鹸のいい香りがし、天地はドキッとした。

「ねぇ」と、優子が甘えた声で言った。

「何？」と、天地が聞いた。

「私達、想い出がふえて、私、本当に幸せだわ。ありがとう」と、優子は言った。

「これから、まだまだ想い出をふやすよ！」と、天地が言った。

「うれしい」

「優子」と、天地が呼び、顔を見合わせたかと思うと、天地が優子を抱き寄せ、キスをした。優子は天地に身をゆだねた。花火の音が鳴り響く中、二人はまるでそんな音など聞こえていないかのように、お互いの吐息だけを聞き、抱擁を交わした。天地は優子を全身で抱きしめた。肩を撫で、背中を撫で、腰を撫でた。唇を離すや、優子の首筋にキスをし、うなじにキスをした。

「あっ……」と、優子は小さく声をたてた。

「優子。愛しているよ」

「あっ……スグルさん……私も……あっ……」

天地はまた優子の唇にキスをした。激しいディープキスで、天地は優子をむさぼった。とろけるように甘く熱くて、優子は腰がぬけて倒れそうだったが、天地が強く抱いてくれているので立っていられた。

二人が重なる美しいシルエットを彩るかのように、空には綺麗な花火が咲き続けていた。


ドドドドン！　ドドドドン！　ドドドドン！


花火の終わりを告げる、ひときわ大きな音がした。ベランダの下では、人々がざわめき、空に百花繚乱に咲き乱れる花火のクライマックスに拍手をしていた。

あたりが静かになり、二人はやっと、少し体を離した。優子がよろめいたので、天地はまた優子を抱いた。二人で空を見あげた。美しい月が出ていた。

「綺麗な月」

「満月だね」

二人は一緒に月を見続けた。

「スグルさん」

「何？」

「私、満月を見ると思い出すお話があるの」

「どんな話？」

「あのね。大覚寺のお坊様が説法で話して下さったお話なの。『今昔物語集』に、月と兎の話があってね。昔、天竺《てんじく》に兎と狐と猿がいて、ある時、痩せた老人と出会ったの。猿は木の実を拾って来て老人に捧げ、狐は川から魚をとって来て老人に捧げたの。でも、兎は何も捧げる物を見つけられなかったの。すると、兎は、猿に柴を刈ってきてもらい、狐にそれを焚いてもらい、自分がその燃える火の中に身を投げたの。その時、老人が元の姿の帝釈天《たいしゃくてん》に戻って、この兎が火に入った姿を月の中に移して、あまねく一切の衆生《しゅじょう》に見せようって言われたの。そして、月に雲があるのは、この兎が火に焼けた時の煙だと。だから、満月に兎の姿が見えたなら、この兎の事を思いなさい、って言われたの。このお話は、兎の捨身《しゃしん》の心、慈悲《じひ》の行いを物語っているんですって。私、凄く感動したの」

「どうしてそんなに感動したんだい？」

「だって、自分の身を捨てるなんて、凄い慈悲じゃない。本当の愛って、捨身だと思うの」

「そんな悲しい話はよして。月を見あげる君を見てると、かぐや姫みたいだ。でも、僕を置いて月に帰っちゃやだめだよ」

天地はそう言って、また強く優子を抱きしめた。


翌日の日曜日の昼に、優子はまた天地のマンションへ来た。

「お片づけさせて」と言って、優子は笑った。天地をベッドの上に座らせて、自分は持って来たエプロンをして、ほこりっぽい本をどんどん整理し、ようやく絨毯が見えた。本棚や机を雑巾で丁寧に拭き、部屋はみるみる綺麗になった。そのまま台所へ行き、持って来た材料で、料理をし始めた。その後ろ姿があまりに可愛いので、天地はそっと近づいた。

「優子」と言い、優子を後ろから抱き、細い首筋にキスをした。

「やめて。危ないから」と、優子は包丁を置き、笑いながら言った。

「優子。こっち向いて」と、天地は言った。優子はくるりと後ろを向いた。天地は優子の首と膝を持ち、アッという間に、優子を抱きあげてしまった。

「スグルさん。どうするの？」と、優子は怖がって天地の首に手を回し、しっかりつかまりながら言った。天地は黙って微笑みながら、抱っこした優子をベッドまで運んだ。そして、優子に覆いかぶさり、唇や頬や首にキスをした。手で優子を服の上から愛撫した。優子は華奢に見えるのに、胸は大きかった。夏の薄着のせいで、優子の体の曲線美がよくわかった。天地は気が狂いそうなほど、優子を愛おしく思った。

「スグルさん、だめよ……あっ……」と、優子はささやいた。

「わかってる。これ以上しないよ。約束だから」

天地はそう言って、優子の体を起こし、座ったままキスをし続けた。優子は時折、吐息をもらした。

「優子。結婚しよう」

二人は見つめ合った。優子の目から涙が溢れた。

「嫌なの？」

「ううぅん。うれしいの」

「早く結婚したい」と、天地は言った。

「……父の一周忌が終わってからにさせて」

優子は少し考えて、そう答えた。

「じゃぁ、来年の三月？」

「ええ」

「わかった。待ち遠しいなぁ」と、天地は言った。

「ごめんなさい。それに、それまでに病気も治したいの」

優子は申し訳なさそうに言った。柚木の顔が頭をかすめた。

「柚木はどう言ってるの？」

「良くなってるって。だから、もう少しで治ると思うわ」

「わかった。待つよ」

天地は心を決めて言った。

「ありがとう」

「どういたしまして。じゃぁ、その間に住む所を考えよう。ここじゃ、無理だから」

「うれしいわ。ありがとう」

「近いうちに、お母さんにご挨拶に行くよ」

「喜ぶわ。きっと。ありがとう」

天地はまた優子にキスをした。

八月になって、天地は優子と、大阪駅前のジュエリーショップへ行った。ブランド店へ行こうと言ったが、優子が普通の宝石店でいいと言ったからだった。

「いらっしゃいませ。何をお探しですか？」と、女性の店員が天地に言った。

「指輪です。ダイヤの」と、天地が言った。

「どうぞ、こちらのショーケースをご覧下さい」と、店員が案内しようとした。すると、優子が言った。

「いいえ。アメジストの指輪を」

「えっ？　そんな遠慮はしないでくれよ。一生に一度の婚約指輪なんだから」と、天地が言った。

「婚約指輪でしたら、やはりダイヤモンドがよく選ばれますが」と、店員も言った。

「遠慮じゃないの。アメジストは私の誕生石なの」と、優子が言った。

「そうでいらっしゃいますか。誕生石を婚約指輪に選ばれる方もよくいらっしゃいます」と、店員が言った。

「アメジストは別に買ってあげるよ。やっぱりダイヤじゃないのか？　遠慮はしないでくれよ」と、天地は言った。

「ううん。私、欲張りなの」と、優子が微笑んで言った。

「何で？」と、天地が聞いた。

「結婚して、十年経った時に、ダイヤモンドの指輪を買って欲しいの。楽しみは先にとっておきたいの。スグルさんと十年も一緒にいられたら、想い出が、いっぱい、いっぱい、できてるでしょ？その時に感動したいの。それに、アメジストは、愛の守護石っていう意味を持っているから」と、優子はまた微笑んだ。

「女性の憧れの夢ですね？」と、店員も微笑んだ。

「そっか。わかった。じゃぁ、アメジストを」と、天地が言った。

「どうぞ。ちょうど、産地のブラジルから、高品質な物がたくさん出まして、今、アメジストを多く取り揃えております」と、店員が言った。店員はショーケースから、次々と、アメジストの指輪を取り出し、ビロードのトレーの上に並べた。

「綺麗！」と、優子が言った。

「アメジストは、和名で紫水晶と言い、水晶の一種です。透明感があり、高貴な紫色で、大変美しい物です」と、店員が言った。

「好きなのを選んで、指にさしてみたら？」と、天地が言った。

「どうぞ」と、店員も言った。

優子は、一つ一つを手にとり、ゆっくりと眺め、光に透かして見たりした。その中に、石は小さいが、色が淡くもなく、濃すぎもしない、ひときわ綺麗な紫色の指輪があった。

「これがいいわ！」と、優子が目を輝かせた。そして、左手の薬指にさしてみた。サイズもピッタリだった。

「素敵！　スグルさん。私、これがいいわ」と、優子は天地に言った。天地が値段を見ると、自分の思っていた予算より、ずっと安かった。

「ほんとに、ダイヤじゃなくていいんだね？」

「ええ。サイズもピッタリだし、運命の指輪だわ！」と、優子は微笑んで言った。

「じゃぁ、これを」と、天地が言い、店員が指輪を持って、店の奥へ行った。包装された小さな箱を受け取り、天地はレジを済ませた。

「ありがとうございました。お幸せに」と、店員がお辞儀をして、二人を見送った。

「もう渡そうか？」と天地が、店を出てから言った。

「ううん。持ってて。デートの時、ロマンチックに渡して欲しいわ」と、優子が微笑んだ。

八月十五日（土）に、天地は奥宮家へ行った。達雄の初盆だった。優子が作ったという、ちらし寿司に煮物と、茶碗蒸し、お吸い物が出された。真弓と三人で、そのお昼を食べた。

　食後の紅茶が出され、団らんしていた。天地は、指輪の箱を出して言った。

「お母さん。僕達の結婚を許して下さって、本当にありがとうございます。今、ここで、優子さんに、婚約指輪をお渡ししたいのですが」

　真弓はパッと明るい顔をした。

「うれしいわ！　天地さん。どうぞ、お願いします」

「では、優子さん。手を」と言って、天地は指輪を箱から出した。優子が左手を、天地の前に差し出した。その綺麗な手の薬指に、天地はアメジストの指輪をそっとさした。紫色に輝く石は、優子の白い手にはめられ、一層キラキラと光を放った。

「幸せにするよ」と、天地は言った。

「ありがとう」と、優子は涙を浮かべて言った。

「主人の一周忌のあとの、三月まで、結婚を待って頂いて、ありがとうございます」と、真弓が言った。

「いいえ。僕もそれまでに、住まいや色々と計画をたてますので」

「お式は、神式？　それとも教会？」と、真弓が聞いた。

「それは、まだ話してなかったな。優子。どっちがいい？　君の好きな方でしょう」と、天地が言った。

「私、軽井沢の教会でしたいわ。ウェディングドレスを着たいの」と、優子が顔を輝かせて言った。

「わかった。じゃぁ、そうしよう」と、天地が微笑んで言った。

三人は、将来の話に花が咲き、楽しい一日を過ごした。

＊

優子はカウンセリングの時、天地と婚約した事を、柚木に話した。

「結婚式は、父の一周忌が終わった三月の予定です」

「それはおめでとうございます」

柚木は胸が苦しいのを感じながら、作り笑顔をして、そう言った。

「おかげさまで、もう二ヶ月ほど、発作は起きていません。もう治ったんでしょうか？」と、優子は不安そうに聞いた。

「睡眠はどうですか？」

「ええ。睡眠薬を飲んで眠れていますが、飲まなかったら眠れないのか、わかりません」

「じゃぁ、徐々に薬を減らしていきましょう。夢はどうですか？」と、柚木は聞いた。

「見ます。でも、すぐに忘れて、前みたいに苦しくないです」

「それは良かった。じゃぁ、カウンセリングは一ヶ月に一回にしましょう。薬を一ヶ月分出しておきます。睡眠薬も、眠れそうだったら、やめてみて下さい」と、柚木は言った。

診察はすぐ終わった。優子は何だか物足りなく思った。

柚木は天地に嫉妬している自分にすぐ気付いた。今となってみれば、「逆転移」ではなく、自分が一人の男として、優子という女性に恋していたのだと、よくわかった。考えてみれば、最初出逢った時から、自分は優子の魅力に惹かれていた。今まで感じた事のない感情だった。だが、医者である自分を強く意識するあまり、自分の気持ちを押し殺してしまった。

優子はどうなのか？　シャガールの絵のような夢を見たと言った時、確かに自分に恋着をみせていた。あれは本当に「転移」だったのか？　それとも、ひょっとして、優子も自分に特別な想いを持ってくれていたのか？　だったとしたら、優子に気持ちを打ち明け、結婚を申し込んでいたら、天地ではなく、自分が優子と結婚できたかもしれない。柚木は右手で握りこぶしをし、机をドンと叩き、左手を頭にあてた。バカな！　たわいない事を今更と、自嘲し、ニヒルな笑みを浮かべた。

二

天地と優子は、親密さを深めていった。天地の好きなジャズを聴きに、ブルーノートへ行ったり、映画を観たり、美術館へ行ったり、ドライブで遠出をしたりした。優子は度々、天地のマンションへ行き、料理を作って一緒に食べた。二人はその度にキスをし、天地は優子を服の上から愛撫した。二人は甘い夏を過ごした。

その間、優子はカルチャーセンターの洋裁教室で、「自分で作るウェディングドレス」の講座を受けていた。三ヶ月で出来上がるよう、カリキュラムが組まれていて、優子は、純白の絹の生地を買い、自分の着たいスレンダーラインのドレス作りに励んでいた。

＊

九月に、柚木のところへ、スイスのユング研究所で一緒だった、東京の山本が会いに来た。山本も、東京の大病院で勤務医をしていた。山本は、東京で二人で、ユング派精神療法のクリニックを開き、一緒に夢分析を研究しないかと持ちかけた。出身が群馬の柚木に、その方が、大阪にいるよりいいだろうと誘った。柚木の実家は、群馬の前橋で開業医をしており、長男である兄が内科医で跡を継いでいた。柚木は、もう長いこと実家へ帰っていなかった。柚木は、このタイミングを、シンクロニシティと受けとめ、ためらわず受けた。職場が実家に近くなり、研究に興味が持てるという理由だけでなく、天地と優子から離れたかった。山本は、銀座の一等地のビルの一室を既に用意してあると言った。柚木は、十一月に東京へ行くと約束をした。

*

秋の紅葉の季節になり、優子が一緒に行きたいと言い、天地が車を運転し、二人は京都の嵯峨大覚寺へ紅葉狩りに行った。ちょうど嵯峨菊《さがぎく》も咲いており、門外不出といわれる、その気品ある菊を観賞したり、五大堂や心経殿でお参りをし、天地は、優子がここで華道に勤しんでいる事に、想いを馳せた。

一緒に大沢池の畔を、手をつないで散策した。木々が色づき美しく、池の水面は静かで、二人は心が澄んだ。ここは、嵯峨天皇が離宮嵯峨院の造営にあたり、親交の深かった空海から聞いた中国の洞庭湖《どうていこ》を模して造らせた、現存する日本最古の人工の庭池だった。この池の北へ進むと名古曽の滝跡があり、百人一首に藤原公任《ふじわらのきんとう》が「滝の音は絶えて久しくなりぬれど名こそ流れてなほ聞こえけれ」と詠んだ滝である。

二人は池にある天神島《てんじんじま》へも歩いて行った。池には三千株もあるという蓮が群生しており、枯れた葉と、花のあとの実がなっていた。この蓮は「名古曽《なこそ》」と呼ばれる古代蓮で、大覚寺独自の品種であり、夏には、淡いピンク色の花が、美しく咲くのだった。蓮は、泥の中から出るのに、何の汚れもない清らかな姿で咲く淤泥不染《おでいふぜん》の徳から、仏教では浄土の花とされている。

「ここは私の心のふるさとなの」と、優子が言った。

「どんなふうに?」と、天地が聞いた。

「始めはただ花が好きなだけだったわ。でも、華道を色々わかってくると、嵯峨御流がどんなに素晴らしいかって良くわかったの。ここ大覚寺の、この大沢池が、嵯峨御流にしかない景色いけの原型で、自然の姿を様々に写して生ける景色いけは、本当に素晴らしいと思ってるの」

「華展で、優子が生けてた花だね?」

「そう」

「確かに、本当に素晴らしいと思うよ」と、天地は言った。

「景色いけは、この大沢池の、天神島、菊ヶ島、そして庭湖石《ていこせき》の、二島一石の配置が、基本形で、そこから発展して色んな景色を表現できるの。それに、他の流派は花留めに剣山を使って生けるけど、嵯峨御流は昔ながらの七宝《しっぽう》を使って生けるの。剣山は針の山だから、嵯峨御流は、花に殺生《せっしょう》をしないよう、使わないの。嵯峨御流は、嵯峨天皇様が、ご自分で生けられた菊の花の美しさに感嘆されて、いけばなを奨励なさって、嵯峨天皇様の花を慈しまれる御心から始まって、千二百年の歴史があるの。ここ大覚寺は、いけばな発祥の地なのよ。私、嵯峨御流に出逢ったおかげで、いけばなだけじゃなく、その底辺に流れる仏教の教えも学んで、儚い命の大切さや、平和の有り難さをつくづく感じて、限りある命をどう生きて自分を活かすか、考えられるようになったの。ここの空気を吸うと、千二百年経っても変わらない自然の美しさに感動するわ。それと、千二百年前に、疫病が流行った時、空海のすすめで嵯峨天皇様が般若心経を写経なさった事から、写経の根本道場としても知られてて、ここは祈りの空気に充ちているわ。ここに来ると、心が落ち着いて色んな事がわかる気がするの。だから、ここは、私の心のふるさとだなって思うの」

優子は、言葉を選んで、しみじみと話した。

「ふーん。そうなんだ。優子って、普段もの静かにしてるけど、色んな事、考えてるんだね。ここへ一緒に来て良かったよ」と、天地は言った。

「もう終わったけど、九月の中秋の名月には、ここで観月の夕べが催されるの。私、まだ来た事がないんだけど、千二百年昔に、嵯峨天皇様が大沢池に舟を浮かべて、満月を愛でられたのが始まりなの。天皇様は位が高いので、上を見あげてはいけないの。だから、池に映る月を愛でられたそうよ。来年は一緒に来て、舟から空と池の二つの月を愛でてみたいわ」と言って、優子は微笑んだ。

「あぁ、そうしよう」と言い、天地も微笑んだ。

「満月を観て、兎の慈悲の心も感じたいわ」と、優子は言った。

優子のウェディングドレスが完成した。優子はうれしくて、うれしくて仕方がなかった。真弓も、娘が試着するウェディングドレス姿に、涙を流して喜んだ。三月が待ち遠しかった。優子はもらってからずっと、左手に婚約指輪をしていた。アメジストは、優子の歓びと共に、日々その輝きを増すように見えた。

＊

十一月二十日（金）に、病院へ行くと、柚木はおらず、別の医者に替わっていた。聞けば、柚木は東京へ行き、開業したと知り、優子は愕然とした。何故、何も知らせずに行ってしまったのか、信頼しきっていた優子はショックを受けた。

天地に聞くと、電話で知らせて来たので、送別会をしようと誘ったが、準備で忙しいからと断られたと言った。優子には、てっきり言ってあるものと思っていたとも言った。

優子の胸にぽっかりと穴が空いた。優子は、二月の父の死から、これまでを振り返ってみた。父の変わり果てた無惨な姿を見たショックから、過換気症候群と不眠症を発症し、柚木にかかった。その柚木のおかげで、天地と出逢った。奈落の底にあった優子が救われ、今の幸せがあるのは、全て柚木のおかげだった。それに……それに?と、優子は思った。柚木に夢で抱かれ、目覚めた時に、心に受けた衝撃を思い出した。あの時、混乱していた優子に、柚木は、夢で見た恋人の自分は、天地の代役だと説明した。だが、果たしてそうだっただろうか?　その後、優子は本当に天地から抱擁を受けるようになったが、あの夢の柚木の抱擁とは全くちがった。夢で柚木から受けた抱擁は、天地の情熱的な抱擁とは、全然ちがうものだった。夢の中で、柚木に抱かれた優子は、完全に一つに溶け合っていた。今、現実に天地に抱かれ、優子は幸せである事は間違いないけれど、あの、たった一度、夢の中で感じた柚木との抱擁は、全くちがう幸福感に満たされていた。あれが、本当に、天地の代役だけの意味しかないとは、今になってみると、優子には思えなかった。優子の、天地によって開花した女性の本能が、ちがう！と思わせた。
それから二週間後に、優子は不思議でリアルな、胸の中からどうしても離れない、印象的な夢を見た。新しい医者には、話す気になれなかった。それに！　優子は、何故だか無性に柚木に会いたかった。会って夢の話がしたかった。病院に聞いて、柚木の開業したクリニックの事を教えてもらった。電話で聞くと、柚木は、火曜日、木曜日と、土曜日の九時から六時まで、診療をしている事がわかった。

三

十二月十二日（土）は雨だった。優子は天地にも母にも黙って、新幹線に乗り、東京へ向かっていた。優子は自分でも、自分のしている事がよくわからなかった。柚木に会えば、そう、柚木にさえ会えば、何もかもわかる、そう思っていた。午後四時半に東京に着いて、銀座まで行った。柚木のいるクリニックは、すぐわかった。受付に言って、診療が終わるのを待たせてもらう事にした。

受付の女性から、優子が訪ねて来た事を聞き、柚木は驚いた。診察中だが、気もそぞろになった。一体どうして？　自分に何を言いに来たのか？　全く見当もつかなかった。

最後の患者のカウンセリングに手間取って、柚木は六時半になって、やっと診察室から出て来た。待合室を見ると、白のタートルネックのセーターに、紺のフレアスカートを着、白いコートを持った優子が立っていた。柚木を見るなり、優子はお辞儀をした。柚木もお辞儀をした。

「先生。お話があって……」と、優子は話しかけた。

「ここはもう閉まりますから、外で食事をしながらお話を聞きましょう」と、柚木が言った。

二人は銀座の三越へ行き、レストラン街へ来た。優子が何でもいいと言い、柚木は和食店を選び、二人で入った。柚木が会席料理を頼んだ。

「急に一体どうしたんですか？」

「先生こそ、何も仰らずに、いなくなられて……私、ショックでした」と、優子は柚木を見つめて言った。

「すみませんでした」と、柚木は謝った。

「謝って頂きたくて、来たんじゃありません。夢の事、私、どうしてもお聞きしたくて」

優子はせっぱ詰まったように言った。

「どんな夢ですか？」

柚木は、優子を落ち着かせようと、静かに言った。

「先週に見た夢です。……でも、その前に、以前、私がシャガールの絵の恋人達みたいに、先生に抱かれる夢を見たって言ったの、覚えていらっしゃいますか？」

柚木はドキッとした。忘れるはずのない夢の話だった。

「ええ。覚えています」

「あの時、私、とても混乱していて。でも、先生は、ご自分の事を、天地さんの代役だと仰いました。あれに、間違いはないんですか？」

優子は柚木をジッと見て言った。柚木は夢の相手は、正に自分だと言いたかった。優子が、こうして東京まで来て訴えるなら、自分の気持ちを正直に打ち明けたら、まだ望みがあるかもしれないと、柚木は思った。

その時、湯飲みを持つ優子の左手の薬指に、綺麗な紫色に輝くアメジストの指輪が光っているのを見て、柚木はハッとし、敗北感に打ちのめされた。たちまちにして、天地の顔が頭に浮かんだ。友情を守るんだと自分に言いきかせ、柚木は一瞬で、希望を持つのをあきらめた。

「間違いありません」と、柚木はしっかりとした口調で言った。

「ハーッ」と、溜め息をつき、優子は力がぬけた。

「それで、先週見た夢は、どんな夢ですか？」と、柚木は聞いた。

「砂浜を歩いていました。とても綺麗で、キラキラしていて。よく見ると、砂じゃなくて、ガラスの小さな粒の浜でした。その浜に海の波が寄せては返していて、それはそれは綺麗で、この世のものとは思えませんでした。しばらくその波打ち際を歩いていましたが、私は海が見たくなって、海に向かって立ち、水平線を見つめました。すると、突然、水平線の彼方から、何かがこっちに向かって近づいて来て、それはバスでした。バスは空中を飛んで来て、私のすぐ左を走り過ぎて。その時、バスの前の席に、父が座っているのがハッキリと見えました。運転手も他の乗客もいませんでした。父だけが乗っていました。ハッとして、私は目を覚ましました。起きても、心臓がドキドキして、しばらく動悸がとまりませんでした。とてもリアルな情景でした」

優子は、今もその情景の中にいるかのように、大きな瞳をまばたきもさせずに、ジッと柚木を見つめて話した。

柚木は不思議な感覚に襲われた。まるで自分も、その情景を見ているかのような錯覚を覚えた。

柚木はしばらく何も言えなかった。それから、ゆっくり考えて言った。

「天地とはうまくいっているんですか？」

柚木は聞くのが一番辛い質問を、しかし、あまりに現実離れしたシュールな夢を聞かされて、優子の事が心配になり、聞かずにはいられずに、そう聞いた。

「えぇ。とても幸せです」と、優子は目を見開いて答えた。柚木は、わかりきった事をと、わざわざ聞いた自分を憐れんだ。

「それならば結構です。その夢に何も問題はないと思います。貴女はとても繊細で創造性が豊かだから、色んなイマジネーションが湧くのでしょう。何も気にする事はありません」

柚木は簡単に結論づけた。

「そうですか……。ありがとうございます」と、優子は気がぬけたように言った。

「日帰りでしょう？　遅くなってはいけません。有楽町の駅までお送りします」と、柚木は言った。

「はい」と、優子は静かに従った。

二人が外へ出てみると、雨足は強くなっていた。柚木は道案内にと思い、優子の先を歩いた。柚木は、優子が天地と幸せだと言った事にショックを受け、傘を深くさし、慣れた道を、ずんずん歩いていた。優子は、柚木の背中を追いながら、あたりを見て歩いていた。激しい雨で街灯の明かりも滲んで見え、見通しが悪かった。

数寄屋橋の交差点に来た時だった。柚木は足元しか見ていなかった。すると、歩道に対向して走ってくる車列を見ていた優子が叫んだ。

「先生！　危ない！」

叫ぶと同時に、優子はその身をのりだして、柚木を突き飛ばした。柚木は前方に二メートルほど飛んで倒れた。と、歩道に、高速で走って来て、雨にスリップしたバスが乗りあげて来た。一瞬の出来事だった。バスは急ブレーキで止まった。倒れた優子の白いコートが血に染まっていた。起きあがった柚木は、振り返って見た光景に驚き「ワーーーッ!!」と叫んだ。

＊

何？　私がいる……私が下にいるわ……えっ？　病院？　ベッドに私が寝てる……酸素マスク？　心電図？　私は？　私は……天井にいるの？　あっ！　柚木先生が廊下で泣いてる……ＩＣＵって書いてある……お医者さん、看護師さん、五人いる……何？　ゴーッて鳴ってる！　トンネル？　暗いわ！　上がって行くわ！　凄いスピード！　どこへ行くのかしら!?　……あっ！　菜の花！　一面、菜の花畑だわ！　いい香り！　綺麗！　道!?　私、道にいるの？　まっすぐな一本道……左右は広い広い、果てしない一面の菜の花畑……向こうに綺麗な虹がかかってるわ！　……音が無いわ……私、歩いてる⁉　全然進んでないわ……あれっ？　時が止まってる？　……

（優子）

（お父さん⁉　お父さんね⁉）

あっ！　右手があったかい！　……

（お父さん。柚木先生は？）

（大丈夫だったよ）

（良かった。……スグルさんは？）

（あの人は、別の女性と結婚すると決まっているよ）

（そうなの……。良かった）

（お母さんは？）

（また会えるよ）

（そうね……）

（行こうか）

（えぇ。行くわ）

あっ！　道を進みだした！　……虹、虹に近づいてるわ！　どんどん近づいて行く……あっ！　綺麗な小川がある！　渡った！　虹をくぐったわ！　……まぶしい!!　まぶしい光!!　……光に入って行くわ!!　……あっ！　私は愛に溶けていくのね……

＊

ピーーーーー

心電図モニターの画像の波動が直線になった。二十二時二十三分。優子は息をひきとった。

＊

「中へどうぞ。ご臨終です」

医者が、廊下に出て来て、柚木に言った。柚木はガラスの扉を開け、中に入った。寝台に近づき、優子を見た。

「優子さんーーー!!」

柚木は優子の右手を握り、泣き叫んだ。初めて愛する人の手に触れたのだった。その時、優子の目尻に涙があった事に、柚木は気付かなかった。

天地は車を猛スピードで跳ばして来た。夜明け前、病院に着いた。

「優子！　優子！　起きろよ！　なっ⁉　優子！　起きてくれ！　どうしたんだ⁉　嘘だろ⁉　優子ーーー‼」

「……すまない」

「何でだ⁉　何でなんだ⁉　どうして‼　どうして優子はお前といたんだ⁉　優子を……俺の優子を返してくれーーー‼」

「僕が、僕が悪いんだ。……すまない。本当にすまない」

「お前が呼び出したのか⁉」

「ちがう。そうじゃない。……優子さんが、突然訪ねて来たんだ」

「冗談はよしてくれ‼　優子が俺に黙って、お前の所へ行くわけないだろ‼」

「殴ってくれ！　僕を、お前の気がすむまで、殴ってくれ！」

「ああ！　殴ってやる！　殴ってやるとも！　この野郎ーー‼」

天地は柚木の胸ぐらを掴み、二度殴った。そして、力無く膝を折って、床に崩れ落ち、泣き続けた。

＊

十三日(日)の夕方に、優子の亡きがらが、奥宮家に着いた。真弓は放心状態だった。天地が支え、真弓はやっと棺の中の娘を見た。真弓は言葉もなく、泣き崩れた。それから、よろめきながら奥の間に入ったかと思うと、ふらふらと出て来た真弓が言った。

「この子に……この子に、これを着せてやって下さい！」

真弓は、優子が作ったウェディングドレスを持っていた。葬儀社のスタッフが、着せ替えをした。死化粧をした優子は、まるで生きているように微笑んで目を閉じていた。今までで、一番美しい、優子の安らかな顔だった。天地は、優子がウェディングドレスを作っていた事を知り、その美しい姿を見て、涙が溢れてとまらなかった。まるで眠っているような優子の顔を見つめ、これが悪い夢で、優子がそのうち目を覚ましてはくれないかと、いつまでも、いつまでも、愛しい人を見続けた。

葬儀は翌々日の十五日（火）に、しめやかに執り行われた。優子の華道仲間や生徒達が来た。

皆が美しい優子のウェディングドレス姿に、涙を流した。優子が花を教わっていた親先生が、便宜を図られ、祭壇には、優子の好きだった菜の花が、季節には早いが飾られていた。

声の出ない真弓に代わり、天地が挨拶を言った。火葬場に着いた時、天地は優子の左手の薬指から、アメジストの婚約指輪をそっとぬいた。

*

柚木は葬儀に参列しなかった。その日も東京は雨だった。柚木はマンションの自室にこもりきり、自分を責め続けていた。そして、天地と同じくらい、いや、ひょっとしたら、それ以上に、自分が優子に愛されていた事に気が付いた。柚木は、取り返しのつかない絶望感でいっぱいだった。最後まで、自分の気持ちを正直に伝えなかった罪に苛まれていた。自分の夢分析が全く役に立たないどころか、優子を死に追いやった事に、怒り狂っていた。

ちょうど優子が荼毘に付された頃だった。柚木の目の前に、金色の蝶が現れた。柚木は幻覚が起こったのだと思った。だが、蝶はハッキリと見えていた。柚木は、部屋にいては可哀想だと思い、立って行き、窓を開けた。すると、蝶はヒラヒラと舞い、窓まで来た。柚木が見ている中、蝶は、窓から外へ出て、一瞬キラッと光って、雨の中にスッと消えた。幻か？　いや、あれは優子の魂にちがいないと、柚木は思った。

＊

天地は独り煩悶していた。どうして優子が柚木に会いに行ったのか。何故、自分に何も言ってくれなかったのか。悔しく、悲嘆にくれた。結局、優子の心の奥底まで、自分は理解できていなかった。優子を守ってやれなかった。天地は自分に腹が立った。優子の面影が頭から離れなかった。優子はまぎれもなく、天地にとって運命の女性だった。あんなに愛した事はなかった。その想い人を突然、思いもしない形で亡くした。狂おしく、自分の身を切られるよりも苦しかった。優子を永遠に失った喪失感で、天地は人が変わったように、快活さを失った。

天地は、婚約指輪を買った店に行き、男性用のシルバーの首にかけるチェーンを買った。そして、それに優子の指輪を通し、肌身離さないよう、首にかけた。

平野の奥宮家へ、真弓を見舞いに度々行った。二月に夫を自殺で亡くし、その年の十二月に、一人娘を亡くした寄る辺ない真弓は、見る影もなくやつれ、沈みきっていた。仏壇の左前に置かれた後飾《あとかざ》り台には、額に入った優子の微笑んだ遺影があり、白木の位牌と、優子の骨箱が置かれていた。花立てには菜の花が生けられ、ロウソクの火はずっと灯され、線香もずっと焚かれていた。

＊

柚木は、医者としても、人としても、完全に破滅したと自分で感じた。山本に言って、クリニックをしばらく休ませてもらう事にした。

柚木は、罪深い自分を浄化したくて、色々と調べ、横浜にある曹洞宗の大本山総持寺が、禅の根本道場である事を知った。柚木は総持寺へ行き、事情を話し、しばらく参籠《さんろう》をして、坐禅の修行をしたいと頼んだ。柚木の熱意が伝わり、特別に修行を許された。

柚木は、攝心会《せっしんえ》を受ける事になった。釈迦は苦行の末に、菩提樹の元で一週間の坐禅を行持し、その結果十二月八日の朝に悟りを開いた。この故事に因んで行われる臘八《ろうはつ》攝心会は、もう終わっていたが、それに近い一週間の修行をさせてもらう事になった。

攝心の日々が始まった。攝心とは、その期間中一切の他事を休し、朝から晩まで坐禅三昧に徹する行持である。その間は、入浴もせず、用便などの最低限必要な用事以外は、坐禅堂に籠もりきり、食事も坐禅堂で食べる。

朝三時に起床し坐禅を組んだ。真冬の身を切るように冷たい張りつめた空気の中、坐禅堂の畳の上で、尻に坐蒲《ざふ》だけを敷き、坐禅を組んだ。四十分そのままで、心を無にするのだが、柚木はなかなか無になれず、何度も警策《きょうさく》で肩を打たれた。四十分経ち、少し休憩をし、また坐禅を組んだ。四十分経ち、また少し休憩をし、再び坐禅を組んだ。そして、坐禅したまま、朝食を頂いた。昼からまた坐禅を組んだ。そうやって四十分の坐禅を何度も繰り返した。十一時半に昼食を頂いた。そしてまた坐禅を組んだ。途中に僧の法話もあった。夕食は四時半で、ずっと精進料理を頂いた。そしてまた坐禅を組み、ただ坐り続けた。坐禅は計九回繰り返された。そして、九時に就寝した。布団に入り、柚木は事故の光景を思い出しかけたが、疲れのおかげで眠りにおちた。

曹洞宗では、坐禅を重視するが、朝から晩まで一日中坐り通し、それを一週間続ける攝心は、足腰の痛みも激しく、堂内は日常を超えた独特の空気で、非常に厳しい坐禅修行だった。柚木は、あらためて己を見つめ直し、一週間坐り続けた。肉体的にも精神的にも厳しかったが、自分を痛めつける事で、柚木の心は救われていった。一週間を無事終えた。

「身は道場になくとも、心は道場にあると思い、一人攝心を行いなさい」

柚木が帰る時、そう老僧に言われた。

柚木は帰って仕事に復帰したが、不思議な事を感じるようになった。昼食に出て、店で一人で食べていたが、何となく気になり、店の入り口を見ていた時だった。人も入って来ないのに、自動ドアが開いた。ドアはしばらく開いていて、また閉まったが、柚木はその時、優子が入って来た！と感じた。空いている自分の向かいの席に、優子が座ったように感じた。柚木は食事のあと、コーヒーを二つ注文した。ウェイトレスは、首をかしげて行き、しばらくして二つのコーヒーカップを持って来て、テーブルに置いた。柚木はその一つのコーヒーカップを、向かいの席の前に置いた。

「優子さん。一緒に飲んで下さい」

そう言って、柚木は自分のコーヒーをすすった。

＊

翌年一月二十四日（日）に、優子の四十九日法要が執り行われた。方丈様がお経をあげ帰って、真弓と天地だけになった。

「天地さん。何もかも本当にありがとうございます」と、真弓が深々と頭をさげた。

「いえ。何もお力になれず、申し訳ありません」と、天地は言った。

「あの子は、優子は幸せだったと思います。天地さんに出逢えて、こんなに愛して頂いて」

真弓は泣きながら言った。

「何で東京へ行ったんでしょうかねぇ。優子は本当に内気で、私にも言わない事が、よくありましたから。私、本当にあの子の事をわかってあげていなかったって。それが苦しくて。それに、天地さんに申し訳なくて……どうか、優子を許してやって下さい。お願いします」と、真弓は天地に謝った。

「いえ。僕こそ、優子さんを本当に理解してあげられていなかった。自分のはやる気持ちだけで、優子さんを愛してしまった。優子さんは優しかったから、僕に言えずに、一人で何か悩んでいたんでしょう。それで、柚木に助けを求めに行ったんだと思います。僕の力不足です。優子さんを守れなくて、本当にすみませんでした」

天地はそう言って、真弓を慰め、膝に置かれた自分の両手を強く握りしめた。

天地は、何をしても何を見ても、優子の笑顔が頭から離れなかった。腕には優子の感触が残っていた。しなやかで柔らかだった、あたたかな優子を、もう二度と抱きしめられないと思うと、泣き叫びそうになり、そんな自分が苦しくて、無理やり、猛烈に仕事に集中するようになった。

だが、マンションへ帰ると、台所で料理をしていた優子を思い出し、泣きながら、優子を抱いたベッドで、全身を折り曲げ、頭をかかえて、首にかけた優子の指輪を握りしめ、何とか寝た。優子を忘れる事など、できるわけがなかった。想い出は、色あせるどころか、日々、天地の中で色鮮やかに濃くなり、この苦しみは永遠に続くのだと、天地は覚悟した。

愛し続けながらも、柚木をかばって事故に遭った優子の死を、受け入れられなかった。優子が話した月と兎の話も思い出された。

「自分の身を捨てるなんて、凄い慈悲じゃない。本当の愛って、捨身だと思うの」

そう言った優しすぎる優子を、そんな優子だからこそ、自分は愛したのだと、わかっていながらも、何故なんだ！と激しい怒りを覚え、愛憎の念が入り混じり、天地は苦しみ続けた。

柚木とは、あの晩、病院で別れて、それきりお互い連絡をしていない。

二人の間の溝は、あまりにも深くなっていた。もう二度と会う事はないと、天地はそう思っていた。

第三章　再会

一

令和元年（二〇一九年）五月五日（日）の午後三時。五十二歳の天地は、両親にやかましく言われ、仕方なく、見合いの席にいた。

天地は四十一歳で独立をし、法律事務所を構えていた。それからほどなく、大阪の豊中《とよなか》に家を買い、岡山の両親を呼び寄せ、同居していた。その両親も、今年、父は八十歳に、母は七十六歳になった。老いた両親は、一人息子の結婚を切望し、孫が見たいとしきりに言った。天地は、いい加減に聞いてきたが、元号も変わり、時代が変わったのだからと、父に凄まれ、ようやく重い腰をあげたのだった。天地は、仕事一筋できて、不摂生もなく、まだ青年のように若々しかった。首にはずっと、優子の指輪をかけていた。

父が勝手に入会した仲人会の紹介で、高校で国語の教師をしているという、十七年下で三十五歳の広瀬理加と会った。教職に誇りを持っていた父は、教師をしている理加を、強く薦めていた。大阪駅前のホテルの喫茶店で、仲人が帰り、二人きりになった。

「法律事務所をお持ちで、お仕事って大変なんでしょうね」

ショートカットの髪が似合い、清潔感のある理加が、天地に聞いた。

「まぁ、大変といえば大変です」と、天地は簡単に答えた。早く切りあげて帰りたかった。結婚する気などさらさらなかった。父に行くと言った手前、とりあえず見合いに来ただけだった。

「あの……私、ご両親との同居は全くかまわないんです。むしろ家族は多い方が楽しいって思ってます。その代わり、仕事を続けさせて頂きたいなって、思ってます。一応……私の結婚観を申し上げておきます」と、理加は言った。

天地は、首で少し頷いただけで、何も言わなかった。二人はしばらく沈黙していた。

「天地さんのご趣味って何ですか？」

「別にありません」と、天地はそっけなく言った。

「そうですか。きっと、お仕事がお好きでいらっしゃるんでしょうね。……私もそうです。仕事が好きで、これといった趣味って、ありませんでした。でも、ひょんなきっかけから、華道に興味を持って、去年からいけばなを習っています」

「いけばな⁉　何流ですか？」と、天地は急に目を見開いて聞いた。

「嵯峨御流です」

「嵯峨御流を⁉」と、天地は身をのりだして言った。

「ご存知なんですか⁉　うれしいなぁ」と、理加は素直そうな笑顔で言った。

「どうして、嵯峨御流を?」と、天地は聞いた。

「去年の四月一日。日曜日で、買い物に阪急百貨店に行ったんです。そしたら、たまたまチラシをもらって、阪急うめだホールで、嵯峨御流の華展をやってるって。しかも入場無料で。時間があったんで行ってみたんです。私、華展なんて初めてで、どんなだろうって思って入ったら、凄かったんです! 何て言ったらいいんだろう。花はもちろん綺麗ですよ。とにかく、入るなり、桜が満開で縦一面に生けてあって、華曼荼羅《はなまんだら》って書いてあって、まず感動しました。それから中へ入って行ったら、ゴージャスだったり、清楚だったり、色んな花が見事に生けてあって。そこからずーっとゆっくり観てたら、着物の女性が来て、ご説明をして下さったんです。景色いけっていうのを拝見して、お聞きしたら、嵯峨御流にしかないって言われて。山から海辺までの景色を、水盤七つで生けてあったんですが、大きな自然の水の流れが、木々や花で美しく、こんなふうに、いけばなで表現できるなんて、素晴らしいなって思って。その女性が、水は命の源だから、景色いけは、命の循環を表現していて、嵯峨御流はいけばなを通して、水の大切さ、命の大切さ、自然の環境保全を訴えているって言われて。私、これは運命の出逢いだなって思って、その女性に聞いて、大阪のカルチャーセンターで習えるって知って、すぐ申し込んだんです。習い始めて一年です。先月には、家元の京都の大覚寺にも初めて行ってきました。華道祭で、お坊様から、お免状を頂いて。何だか、自分の中の命が輝くような気がして。あっ、ごめんなさい。私ばっかりしゃべっちゃって」と、理加は肩をすぼめ、口に手をあてた。

「いいえ。どうぞ話して下さい」と、天地は真剣な目で言った。

「とにかく、今はまってるんです。でも、マイブームみたいな一過性じゃなくって、これは一生ものだなって、思ってます」

天地は切なくて、胸が締めつけられるような思いがした。優子と二人で歩いた大沢池の畔での想い出が、ついこの間の事のように胸に迫った。天地はしばらくボーッとしていた。

「どうかされましたか？」と、理加が聞いた。

「……いえ。いけばなをされる女性って、素敵だと思って」と、天地は言った。

「ありがとうございます。まだまだなんですが、毎週とても楽しくて。華道も、結婚しても続けたいです」と、理加はニコッと笑った。清々しい笑顔だった。

「毎週習っているんですか？」

「ええ。土曜日に。昨日も行って、燕子花《かきつばた》を習いました。葉組《はぐ》みが難しくて。先生が直して下さって、本当に綺麗に生けあがりました。うれしくて。今日も玄関に生けた花を見て、出て来ました」

理加は明るい笑顔で話した。天地は、壊滅的に失ってしまっていた希望を、取り戻せるような、一縷の望みを感じた。
「このあと、食事をご一緒しませんか？」と、天地は誘った。
「はい！　うれしいです」と、理加は笑顔で答えた。

天地は、理加とデートを重ねた。初めは、嵯峨御流を習っているという理加に、優子の残像を追うような気持ちでいたが、明るく現代的な理加は、優子とは全くちがうタイプの女性だった。しかし、それが逆に、優子の想い出をタイムカプセルに収めさせる働きをし、天地を新しい道へと導きだした。天地はだんだん、かつての快活さを取り戻し始めた。

理加はこまめにメールをしてきた。今日は寝坊して学校に遅刻しそうになっただとか、梅雨に入ったけれど、お元気ですか？とか、友人とミュージカルを観て楽しかったとか、しょっちゅうメールをしてよこし、天地が優子を想い出す暇を与えなかった。最初は面倒に思った天地も、理加の人柄の良さをわかってきて、心を許し、ちゃんと返事のメールを返すようになった。

スマホに、ハートの画像を送ってくる理加と付き合い、天地は時代の流れを感じた。思えば、天地は時代に取り残されかけていた。優子と付き合っていた頃は、携帯電話がやっと出回った頃で、メール機能を駆使する事はなかった。それでも、心はいつもつながっていた。優子が生きていたら、どんなメールをよこすだろうか？　……ふと、そんな事を思ってから……バカな、詮無い事を。と、天地は苦笑した。自分は歳をとったと思った。なのに、優子は花の盛りの二十七歳のままだった。

ともかく、理加との付き合いは順調だった。何より、両親が喜んだ。早々と結婚を口にしだした。結婚？　この自分が、結婚をするだろうか？　天地は他人事のように思った。


七月七日（日）に、理加とランチをとっていた時だった。

「これからは、広瀬さんじゃなくって、理加って、呼んで下さい」と、急に言われた。

「あぁ」と、天地は答えた。

「それで、天地さんの事を、これからは、スグルさんって、呼んでもいいですか？」と、理加はニコニコしながら言った。天地は途端にこわばった。付き合った女性に、スグルさんと呼ばせたのは、優子だけだった。この想い出に、誰も立ち入らせたくなかった。

「それは困るな。両親から呼ばれてるのと同じだから。……ユウさん、そう呼んでもらいたいな」と、天地はかわした。

「ユウさん。なるほど。呼びやすくていいわ。わかりました。では、ユウさん。これからもよろしくお願いします」と言って、理加は頭をさげた。
「あぁ。理加、よろしく」と、天地は言った。
「うわぁ。うれしい！」と言って、理加は笑った。

仲人からは、早く婚約をしてくれと、せっつかれた。両親からも、こんなに若い子とのご縁は、もう滅多にないから決めてくれと迫られた。天地は、首にかけている指輪を握り、どうしたらいいのかと、途方に暮れた。
あれから、もう二十一年になろうとしているのか……。天地は、時が過ぎても、尚、愛してやまない、優子への想いを、どうすればいいのか、悩みに悩んだ。

*

八月十三日（火）の午後七時。天地は例年通り、平野にある奥宮家へ行った。優子が亡くなってから、命日とお盆のお参りを、欠かした事はなかった。昨年の十二月十二日の命日に会った時より、真弓は老けこんだように見えた。

「天地さん。毎年、毎年、本当にありがとうございます」と言い、真弓は深々と頭をさげた。

「いいえ。僕こそ、いつもおじゃましして、すみません。お母さんは、最近のお具合はどうですか？」

リウマチになったという真弓を気遣い、天地は言った。

「えぇ。おかげさまで、まぁまぁです。私も七十四歳になって、足もだいぶ弱りました。もう、施設に入ろうかと考えています」

応接室の椅子に座り、真弓は足をさすって言った。天地は、この部屋へ入ると、いつも、盆を持って紅茶を出しに、優子が入って来るような気がした。

「施設へですか？」と、天地は聞き返した。

「えぇ。一人では、もう心細くて」と、真弓は淋しそうに言った。

「僕にできる事があれば、何でも仰って下さい」

天地は本気でそう思って言った。

「ありがとうございます。お言葉に甘えてすみませんが、この家を売って、私が入れるような施設を探して頂けませんでしょうか？」と、真弓は手を合わせ頼んだ。

「わかりました。お任せ下さい。全部ちゃんとします。お急ぎなんですか？」と、天地は確かめるように聞いた。

「ええ。早い方が有り難いです。もう、この家に一人でいるのに耐えられなくなって……歳ですねぇ。前は、二階の優子の部屋へ入って、あの子の服やなんかを眺めて過ごしたりしましたが、もう階段もえらくなって……」と、真弓はポツリポツリと言った。

「わかりました。急いでさせて頂きます。どうぞ、ご安心下さい」

天地は、真弓の目を優しく見つめて言った。

「本当にありがとうございます。天地さんに頼ってばっかりで、本当にすみません」

真弓は合わせた手をこすって拝むようにして言った。

「では、お仏壇を拝ませて頂けますか？」と、天地は言った。

「どうぞ」と言い、真弓はゆっくりと立ちあがった。天地は真弓を手で支え、二人は廊下を歩き、床の間へ入った。仏壇は、盆棚の飾りがされてあり、優子の位牌も置いてあった。天地は、線香にロウソクで火をつけ、線香を立てた。そして、手を合わせ、優子の位牌を見て、一心に拝んだ。長い祈りだった。

「毎年、本当にありがとうございます。こんなに愛してやって下さって、優子は幸せだと思います。来年は、もう二十三回忌になります。……でも、天地さん。優子へのお気持ちは、もう充分ですから、貴方はご自分の人生を進んで下さい。この家も売る事ですし……貴方に幸せになって頂かないと、優子も悲しむと思うんです。ご両親も、さぞや、ご心配なさっているでしょう?」と、真弓は全てを知っているかのように言った。

「お母さん。……実は、五月に見合いをしまして、今、交際している女性がいます。両親は早く結婚しろと。でも、僕は決められなくて、自分で自分に困っているんです」

天地は正直な気持ちを言った。

「貴方が交際なさるくらいだから、きっといいお嬢さんでしょう。ご結婚なさい！　優子もきっと喜びますよ」と、真弓はスッキリした顔で言った。

「本当にいいんでしょうか？　僕は今も優子さんを心の底から愛しています。優子さんを忘れる事はできません」

天地は、真弓にすがるような目をして言った。

「貴方は本当に真っすぐなお方ですね。忘れなくていいんです。ずっと覚えていてやって下さい。そのお気持ちに、心から感謝します。

でもね。前に進まないと。あの日から、貴方の人生は止まったままでしょ？　人生は一度きりなんです。じっとしてちゃ、いけません。あとできっと後悔します。貴方はまだお若い。でも、どんどん歳をとっていきます。今がラストチャンスですよ！　優子がうらやましい。あの子はずっと二十七ですものね。

私も歳をとりました。……あの子は、考えたら幸せだったと思います。自分で一生懸命にウェディングドレスを作って、最高の夢を見たまま亡くなって。ずっと幸せな夢の中で眠っているんじゃないかしら。きっと主人と綺麗な天国にいますよ。私もそのうち、仲間に入れてもらうわ。

……そうそう、優子が身代わりになって助けた柚木さんですがね。私は初め、腹が立って、無視し続けてたんですけど。遠慮して、ここに来られはしませんけど。あの方も、ずっと優子の命日とお盆には、お供え物を送って下さって。もう、何の恨みもありません。いつも丁寧な手紙を添えて下さってね。あの方も、まだ独身でいらっしゃるって。気の毒に思っています。

……今はね、つくづく思うんです。全部、運命だったんだって。定められた運命だったんですよ。主人は自殺でしたけど。あれだって、運命だったと思うんです。人の生き死になんて、どのみち天におまかせなんだって。七十も過ぎたら、つくづく思うんです」

真弓はしみじみと話した。天地は、柚木の事を聞くのは初めてだった。柚木もまだ独身でいたのかと、天地は彼の心情を初めて察してやった。きっと罪の意識に苛まれ、幸せになれずにいるのだと、初めて柚木を憐れに思った。

「貴方だけでも、幸せにおなりなさい。人生は幸せになるために生きるもんです。幸せになって、優子を安心させてやって下さい。お願いします」と、真弓は手をついて、天地に頼んだ。

「お母さん。頭をおあげ下さい。お気持ち、本当にありがとうございます。柚木の事も、話して下さってありがとうございます」と、天地は心から言った。

「貴方と柚木さんは親友だったんでしょ？　優子から聞いていましたよ。柚木さんを許してあげて下さい。人は恨みを持って死んではいけません。何もかも、サッパリ許して死ぬべきです。だって、そんなもの持ってたら、重くて天国へ行けないでしょ？　生きているうちに全部許すんです。ね？　何もかも許して、前に進んで、幸せに生きて下さい」

真弓は心の底から、天地の幸せを願って、そう言った。

「結婚なさい。ここで、優子に、結婚するって、お言いなさい。幸せになるって、言ってやって下さい」と、真弓は尚言った。

「お母さん。ありがとうございます。本当に、本当にありがとうございます」と、天地は真弓の手をとりながら、涙を流して言った。

「ねえ、優子。天地さんがご結婚されるって。うれしいわよね」と、真弓は優子の位牌に語りかけた。

天地は涙がとまらなかった。

「お母さん……」

「ほら、優子が笑っていますよ。結婚するって、言ってやって下さい」

「……優子さん。僕は……結婚します。……貴女を幸せにできなくて、貴女を守ってあげられなくて、すみませんでした。……貴女の事は死ぬまで決して忘れません。……あぁ、優子……優子！愛してるよ。僕達の想い出は決して消えないよ。優子……ありがとう」

天地は涙で顔をぐしゃぐしゃにして、優子の位牌に語りかけた。

「良かったね。優子。安心したね」と、真弓は優子の位牌に言った。

「お母さん。本当にありがとうございます。僕は、僕は、優子さんの事を絶対に忘れません。結婚して、幸せになって、いいんですね？」と、天地はもう一度、真弓に聞いた。

「えぇ、えぇ。いいんです。幸せになって下さい。優子を忘れないでいてやって下さい」と、真弓も涙を流して言い、天地の手の甲を、優しくトントンと叩いた。

＊

お盆明けに、天地と理加は婚約をした。理加は、経済観念がしっかりしており、結婚式には、自分の振り袖を、流行りのお引きずりにして着ると言い、式は神式に決まった。

ウェディングドレスでないことに、天地は内心ホッとした。

天地は、奥宮家の売却と、真弓の入所する施設の斡旋をすぐにした。真弓は、病院も併設し、介護付きで、大浴場や食堂がある、マンション型の老人ホームに入る事になった。大阪市内だが、閑静な場所にあり、真弓はとても気に入った。

天地は、真弓の引っ越しを手伝いに行った。真弓は、ピアノや高級な家具類をおおかた売ってしまっていて、荷物は身の回りの物と、夫と娘の位牌だけだった。天地は、真弓に案内されて二階に上がり、初めて優子の部屋へ入った。窓にはピンクのカーテンがしてあり、白のドレッサーと椅子があり、優子の優しい香りがするようだった。天地はその甘さに、軽いめまいを覚えた。

「すみませんが、このドレッサーと椅子を運んで下さい。これだけは手放せなくて」と、真弓が言った。

「わかりました」

「それから、このクローゼットの中を見てやって下さい。あの子の、着物は何枚か持ったんですが、服はもう焼いてしまおうと思って。でも、ひょっとして、天地さんが想い出のある服があったら、それを一着だけ、持っておいてあげたいと思って」と言い、真弓は、作り付けのクローゼットを開いた。優子の服は、ワンピースが殆どで、どれも、優子らしい、女性らしいデザインと色の服が掛かっていた。その中から、ピンクのワンピースを見つけ、天地は手にとった。間違いなかった。それは、優子をリーガロイヤルホテルへ呼び出し、ラウンジで交際を申し込み、そのまま初めてのデートをした日に、優子が着ていたパステルピンクのワンピースだった。あの時の胸のときめきが、天地によみがえった。天地は、そのワンピースをそっと抱いた。

「これは、優子さんと初めてデートした時の服です。これをお願いします」と言い、天地は、ワンピースを真弓に渡した。

「そうでしたか……。優子はピンクが好きでした。貴方に会いに行くのに、これを着てたという事は、あの子は、最初から貴方を好きだったんでしょうね」と、真弓はしみじみと言った。

天地がドレッサーと椅子を玄関まで運び、真弓はピンクのワンピースを持って下へ降りた。運送屋のトラックが来るまで、まだ時間があった。二人はガランとした座敷に座って、天地が買って来た缶コーヒーを飲んだ。

「今日も、本当にありがとうございました。何もかも、これでスッキリしました」と言い、真弓は頭をさげた。

「いいえ。僕こそ、優子さんのお部屋へ通して頂いて、気持ちの整理がつきました。でも、淋しくなりますね。時々会いに行かせてもらいます」

「いいですよ。私の事なんか気にしないで下さい。それより、結婚したら、奥さんを大事にして、幸せになって下さいね。……時代は変わりました。昭和、平成、令和と生かして頂いて。私はもうついていけませんよ。スマホっていうんですか？　今は電車に乗っても、みんな、うつむいて、あれを見てますけど、そんなに面白いんですか？」

「僕も持っていますが、電話とメールくらいで、そんなに、しょっちゅうは使いません。若い人は、ゲームやＳＮＳといって、ネットでの交流を楽しんだりしてるみたいです」

「へーっ。便利になったんでしょうけど、人間関係が希薄になったっていうか、なんだか機械に使われてるみたいですね。これから、どうなっていくんでしょうかねぇ」と、真弓はぼんやりと遠くを見るような目をして言った。

「そうそう、それから、これを」と言って、真弓は紙切れを出した。渡されて、見ると、柚木の事が書かれてあるようだった。

「柚木さんの手紙にあった住所と電話番号です。仲直りして下さい。優子はきっと、そう望んでいるはずです。あの子は本当に優しい子でしたから。柚木さんに会ったら、幸せになるように言って下さい。私がそう言ったと。ご自分を責めないようにって。みんな運命だったんですから。誰も悪くないんですから。それから、住まいも移りますし、もう、私に何の気遣いもなさらないようにと伝えて下さい。お願いします」

真弓はハッキリとした口調で、そう言った。

二

天地は柚木に電話をした。二十年越しの突然の電話に、柚木は戸惑っているようだった。天地は話があって会いたいから、東京へ行くと言った。二人は九月はじめの日曜日の昼に、一緒に食事をする約束をした。天地が、東京はよく知らないので、飲める場所を教えてくれと言い、柚木は、天地が日帰りである事から、便利なよう、東京駅の八重洲口に近くて、昼でも飲める居酒屋を指定した。

天地は、電話を切ってから、柚木の顔を思い浮かべた。三十一歳の若い柚木の顔を思い、どんな顔になっているだろうか?と思った。思えば、自分だって五十二歳だ。お互い様だと、天地はフッと笑った。

＊

電話を切ってから、柚木は、懐かしいうれしさと、どんな顔をして会ったものかと思う不安とで、心が千々に乱れた。話があると言い、わざわざ東京まで来てくれるのだから、よっぽどの事だと思った。

柚木は、銀座のクリニックを辞め、神田の駅前ビルの一室を借り、自分のメンタルクリニックを開業していた。優子の事があってから、夢分析をしなくなり、主に認知療法のカウンセリングを行っていた。

それにしても！と柚木は思った。今年のお盆に、奥宮真弓へ、優子へのお供え物と、真弓への手紙を書いて送ったあと、十五日の晩に、柚木は不思議な夢を見たのだった。夢で、柚木は優子に会った。場所は、昔の病院の診察室で、優子が白いドレス姿で入って来た。静かにお辞儀をして、椅子に腰かけた。綺麗な絹の真っ白なドレス姿の優子は、輝くばかりに美しかった。優子は微笑んでいた。夢の中の柚木は、優子が亡くなった事を忘れていて、ドギマギして、その美しさに見とれていた。そして、それがウェディングドレスだと、やっと気付いた。

「優子さん。結婚されるんですか？」

夢の中の柚木は、優子が天地と結婚するはずだった事も忘れていて、そう聞いた。

「うふふ……」と、優子は微笑んだ。

「お相手は誰ですか？」

「うふふ……」

「こんな所にいて、いいんですか？　お式に遅れますよ」と、柚木は、とにかく教会へ行かせなければと思い、そう言った。その時だった。

「柚木先生。幸せになって下さいね」と、優子が微笑みながら、ハッキリとそう言った。

「えっ？」

気付くと、そこは、診察室ではなく、一面に広がる綺麗な菜の花畑だった。優子は椅子から立ちあがったかと思うと、スッと消えた。柚木も立ちあがり、優子を捜していると、菜の花畑に、金色の蝶が一羽、ヒラヒラと舞っていた。

「優子さん？」と、柚木は呼んだ。優子はどこにもおらず、菜の花畑に自分一人がポツリといるだけだった。蝶はまだ、ヒラヒラと舞っていた。あたりは静かなのに、柚木には、さっきの声がずっと聞こえていた。

「幸せになって下さいね」「幸せになって下さいね」「幸せになって下さいね」…………

優子の透明で澄んだ、その声が、エンドレスに柚木に聞こえ続け、目が覚めた。起きて、柚木は、優子に会えたうれしさと、現実にはもういない優子を想い、涙がとめどなく溢れでた。

恋い焦がれた愛しい人を、自分のせいで死なせてしまった事に、胸をかきむしられ、苦しんだ。目覚めても、優子の優しい言葉が耳から離れず、柚木は「あぁーー」と、頭を抱え、小さくうめいた。

柚木は、優子がウェディングドレス姿で、荼毘に付された事を知らなかった。

＊

九月八日（日）の朝。天地は、新大阪から、新幹線のぞみに乗った。車窓を眺めながら、柚木との、これまであった事を思い返していた。あいつは本当にいい奴だ。あんな事さえなければ、ずっと親友でいたはずだ。今日、二十一年ぶりに会って、その友情を取り戻せるだろうか？　天地は一抹の不安を感じたが……いや、必ず友情を取り戻すのだと、心に誓った。

昼前、東京駅に着いた。柚木に言われた店は、すぐわかった。中へ入ると、柚木はもう来ていた。

中年太りもなく、柚木はあまり変わっていなかった。

「ようっ。久しぶり」と言い、天地は柚木の前の席に座った。

「やぁ。お前、ちっとも変わらないな」と、柚木が言った。

「お前こそ、昔のまんまじゃないか」と、天地が笑った。

二人は、昨日まで会っていたかのように、自然に話した。

「料理は、ここのおまかせコースを頼んであるんだ。酒は何にする？」と、柚木が聞いた。

「日本酒がいいな」と、天地が答えた。

「どれにする？」と、柚木が天地に、飲み物のメニューを渡した。

「そうだな。獺祭《だっさい》がいいな」と、天地が言った。

「おかみさん。獺祭を頼みます」と、柚木が奥に声をかけた。しばらくして、獺祭の小瓶と、二つの盃が運ばれて来た。柚木が二つの盃に酒をついだ。前菜と、刺身の盛合せと、酢のものが、運ばれて来た。

「まぁ、飲もう。二人の再会に乾杯！」と、天地が言った。

「乾杯！」と、柚木も言った。

「いやぁ、昼の酒は美味いな！」と、天地が笑った。

「お前。話って何だ？」と、柚木は聞いた。

「あぁ、食べながら話そう」

「あぁ」

二人は、箸を持って、食べ始めた。

「お前。まだ独身なんだってな？　結婚しないのか？」と、天地が言った。

「あぁ」

「この間、優子のお母さんが、老人ホームへ入った。お母さんから、お前と仲直りをしろ、優子もきっと、そう望んでいるって言われた。それと、お前に会ったら、幸せになるように言ってくれ、私がそう言ったと伝えて欲しいと言われた。お前に、自分を責めないように、みんな運命だった、誰も悪くないんだとも言われた。それから、ホームに入ったし、もう、何の気遣いもしないでいいって、そう伝えるように言われて、それを伝えに来た」

天地は、真弓に言われた通りに、柚木に伝えた。柚木は静かに、噛みしめるように聞いていた。

「そうか。……ホームに入られたのか。お元気なのか？」と、柚木は聞いた。

「リウマチがあり、足も弱っておられるが、まだしっかりされている」と、天地は答えた。

柚木は、盃の酒をグイッと一気に飲んだ。

「それから……俺は、見合いをした。今年の十一月に結婚する」

天地は、少しうつむいて言った。

「そうか。それは、おめでとう」と、柚木は明るい顔をして言った。

「ありがとう。……お前はまだ結婚しないのか?」

しばらく沈黙があった。

「お母さんのお言葉は、身にしみて有り難いが……やはり、僕は、結婚する資格がないよ」

柚木は静かに、そう言い、また盃の酒を一気に飲んだ。

「俺も、もうお前を恨んでいない。本当だ。お前も幸せになれ」と、天地は言った。

柚木は黙って酒を、また一気にあおった。

「……俺は、ずるい男だな」と、天地がうつむいて言った。

「いや。お前は幸せになれ。優子さんの分も、幸せになるべきだ。優子さんも、きっと、そう望んでいるよ。あの人は、本当に優しい女性だったから」と、柚木は言った。

「柚木。……あの時はすまなかった。今度は、お前が、俺を殴ってくれ。優子を想い続けず、結婚する、俺を。こんなずるい俺を、殴ってくれ!」と、天地は声を大きくして言った。

「僕には、お前を殴る資格はないよ」と言い、柚木は肩を落とした。

　天地も肩を落とした。

「優子が、『今昔物語集』の、月と兎の話をした事があってな。お前、知ってるか？」

「確か、兎が火に飛び込んで、老人に己の身を捧げたって話だろ？」

「さすが、精神科医だ。よく知ってるな。優子は、その話を、いけばなで行く大覚寺のお坊さんから聞いて、凄く感動したと言ったんだ。捨身の慈悲行こそ、本当の愛だって。だから、俺は卑しくも、お前に嫉妬したんだ。お前を愛していたから、身を投げたんだと」

　天地は、盃の酒をグイッと一気に飲んだ。

「天地。それはちがうよ。優子さんは、あれが、僕じゃなくても、ああしたと思うよ。他の誰であっても、優子さんは、人を助けるために、自分の身を投げたと思うよ。そういう人だった」と、柚木は静かに言った。

　店員が、焼物と、揚げ物と、煮物を持って来た。二人は、しばらく黙って、酒をくみ交わしていた。

「優子さんが、最初のカウンセリングの時に言った事を、今でも覚えているんだ。当時、若い数学者と初めての交際をしていた彼女は、手も触れないまま、別れるって決めたんだ。その理由を聞いて、僕は胸を打たれたんだ。優子さんは、愛するとは、その人のために死ねるのでなければ、本当の愛じゃないと。そう思ったら、その男性を自分は愛していないと気付いた、そう言ったんだ。

そのあと、お前と付き合って婚約した。だから、彼女は、お前のためなら死ねると思っていたはずだ。間違いないよ」

　柚木はそう言って、また酒を一気にあおった。

「僕こそ、お前に嫉妬してたんだ。僕は優子さんに会って、初めて女性に本当の好意を持った。ただ、当時は、医者と患者の関係だったから、自分でハッキリそう認めていなかった。秘かな想いだった。カウンセリングで会うだけ。ただ、対面して、静かに話し合っただけだ。でも、忘れられないんだ。あの、彼女のいた空気。あんな患者、いや、あんな女性、他にはいないよ。僕は、お前が羨ましかった。君らのそばにいるのが苦しくなった。それで、東京へ来たんだ」

　柚木は声を震わせて言った。

「そうだったのか。……気付いてやれなくて、すまなかった」と、天地は頭をさげた。

「謝らないでくれ。優子さんに、お前を紹介したのは、僕だよ。お母さんの言われるよう、運命だったんだ。君らは運命的な恋人同士だったんだ」

「あぁ。確かに。名前の漢字も同じだし、運命の女性だったよ」

「お前から、永遠に彼女を奪ってしまった。僕は罪深いよ」と、柚木は涙声になった。

「それも、運命だったんだ。柚木。自分を責めるな」と、天地は強い口調で言った。

「天地。幸せになってくれ」

「あぁ。優子を忘れる事はできないが、幸せになるつもりだ。柚木。お前も結婚しろ」

天地がそう言うと、柚木は首を横に振って言った。

「僕は変わり者だからね。お前とちがって次男坊だから、独身を貫くよ。それに、お前から電話をもらう少し前に、優子さんに、夢で会ったんだ。僕は、永遠に優子さんを忘れられないよ」

「優子に夢で会えるなんて、お前がうらやましいよ。優子はどんなだった？」

「綺麗なウェディングドレス姿で、僕に幸せになって下さいねって、言ってくれた。僕は起きて泣いたよ。おかしいだろ」と言い、柚木は泣き笑いした。

「それ、本当か？」

天地は驚いて聞いた。

「あぁ。本当だとも。純白のウェディングドレス姿で、それは、それは美しかった。あたりは綺麗な菜の花畑だった」

柚木は酒に酔っていた。天地は、ものが言えなくなった。柚木が、優子のウェディングドレス姿を見たわけはなかったし、祭壇に菜の花を飾ったのを知るはずもなかった。なら、優子の魂があって、自分達を見守ってくれている！　そして、こうして仲直りをするように、引き合わせてくれた！　天地は酔いがいっぺんに醒めた。

「お前、飲みすぎだ。いい加減にしろ。新幹線の時間だから、俺はもう帰るぞ」と、天地は言った。

「あぁ。はるばる来てくれて、ありがとう。気をつけて帰ってくれ」と、酔った柚木が手を、バイバイと振った。

「また会おう。また一緒に飲もう！」と、天地は言い、二人は堅く握手をして別れた。

＊

帰りの新幹線の中で、天地は考えていた。天地は幾たびも優子を想い、語りかける事があった。だが、実際に優子の魂があると、確かには思えなかった。だから、いつも空しく、淋しく、独り芝居をしているのだと、悲しかった。

しかし、柚木は知りもしないのに、ウェディングドレス姿で、菜の花畑にいる優子に、夢で会ったと言った。目には見えなくても、魂はちゃんとあるのかもしれない。考えてみれば、理加との出会いも不思議だった。嵯峨御流に運命を感じ、習い始め、一生ものだと言う理加との出会いは、ひょっとしたら、優子が仕組んだものだったのではないのか？　今や、そうとしか考えられなかった。気付かなかっただけで、優子はずっと、そばにいて、自分を守り、導いてくれていた。今日は、柚木と再会し和解できた。それもこれも全部、優子の優しい魂のなせるわざだ。……天地は涙が出そうになるのをグッとこらえた。

優子の魂と、確かにつながりたい。優子に会いたい！　そうだ！　天地は電撃が走ったように、思いついた。来年は一緒に行こうと約束したのに、行けなかった大覚寺の観月の夕べ！　満月の夜に、あそこへ行って、月を観れば、優子に逢える！　天地はそう想った。首にかけた優子の指輪を、服の上から握った。

終章　追憶の光

九月十四日（土）の夕方。天地は一人で、大覚寺へ行った。万葉集の「……令月にして、気淑く風和らぎ……」を出典として、元号が「令和」となった今年。その中秋の名月を愛でようと、多くの人々が集まり、境内は賑わっていた。

優子と二人で歩いた大沢池の畔を、天地は一人、トボトボと歩いた。まだ、暑さが残っていたので、薄いシャツを一枚着ただけで来た。胸には、優子の指輪があった。胸に手をあて、天地は、優子！と、心で叫んだ。果たせなかった約束の、観月の夕べに、優子と一緒に来たのだと、心が震えた。あちこち、出店があって、軽食を売っていたが、天地は何も食べたくなかった。ただ、優子の魂に呼びかけ、一人で岸辺に立っていた。

だんだん暗くなってきた六時半。池に張り出した特設舞台で、月に献花する儀式が行われ始めた。緋袴に白い千早を着た女性三人が現れ、あたりの人々は儀式に見入り、静かになった。天地もジッと見入った。嵯峨御流のいわれがアナウンスで流され、その話を、優子から聞いた時の事を想い出し、天地は泣きそうになった。舞台に、餅を積んだ高坏が供えられ、花が生け始められた。どこかにあるスピーカーから、ドビュッシーの「月の光」が聴こえていた。舞台の女性らは、花器にススキと、菊の花を生けた。生け終わると、女性らは舞台から岸辺へ戻り、「月の光」の曲も終わった。

その時、人々からどよめきがあがり、天地は何かと思って見たら、池の向こう岸の木々の上に、オレンジ色の強い光を放って、月が昇ってきたのだった。人々と一緒に、天地も月が空へ昇るのを見た。ゆっくり、ゆっくりと、オレンジ色の月は、空にあがっていき、明るく丸い月が、煌々と輝きを放った。人々は歓声をあげた。美しい満月だった。

天地は、服の上から指輪を握った。優子！　見えるだろ！　満月だよ！　一緒に来たよ！

「綺麗！」

「凄い！」

周りの人々は盛んに、月を褒めそやしていた。

天地は、大きく空にあがった満月を見て、この月に逢うために来たのだと、胸の鼓動が高鳴った。舞台に献じられた花を見、空の満月を見、胸に去来する想いに圧倒され、激しいめまいを覚え、倒れそうになった。慎重にゆっくりと歩き、岸辺のベンチを見つけ、腰をおろした。天地は、月を見あげ続けた。美しい満月の中に、兎の姿が見え、優子の事を想い、涙が出た。ベンチの隣りに、優子がいるような気がした。優子！　優子を抱きしめるように、天地は両手を組み、泣いた。

あたりはいよいよ暗くなり、夜のとばりに包まれた。雲一つない晴天の空に、満月は高くあがっていた。空高く昇った月は、その色を変化させ、純白の清らかな輝きを放っていた。若い男女が、手をつないで、微笑み合って歩いて行くのを見て、昔の自分と優子が、想い出された。

天地の頭の中を、優子との想い出が走馬燈のように駆けめぐった。西天満の事務所に初めて来た時、名前が同じだと無邪気に笑った優子。リーガロイヤルホテルのラウンジに、パステルピンクのワンピース姿で、まるで春の妖精みたいに現れた優子。交際を申し込み、受け入れてもらえ、一緒に映画『タイタニック』を観た。ラストで鼻をすすって泣いていた優子。ジャックが死んで、ローズが生き残るなんて、酷い。私だったら、生きていけないわと言った優子。イタリアンレストランで二人の記念日だと、ロゼのグラスワインで乾杯をした。夜道を家まで送って、別れる時、初めて握手をした。その時、戸惑い、恥じらった優子。いつも自分の一歩後ろを歩き、すぐに顔を赤らめ、ごめんなさいと言った優子。奥宮家へ訪ねると、あの落ち着いた応接室へ、紅茶を持って入って来た優子。

春の華展に呼ばれ、今はもうない心斎橋そごうの会場で会った時、美しい着物姿だった優子。一生懸命に、嵯峨御流の景色いけを説明した、ひたむきな優子。菜の花が、誕生花で大好きだと微笑んだ優子。花のように生きたいと、花のように、求めない平和な心で幸せになりたいと言った優子。

布引ハーブ園の花園を歩き、初めて手をつないだ。ソフトクリームを舐めた時の可愛い笑顔の優子。その夜、六甲山へ登り、二人で夜景を見た。この煌めきを胸にしまうわと微笑み、一生忘れないと言った優子。その時から、優子、スグルさんと、呼び合った。帰りの車の中で、ファーストキスに、震えて泣き、うれしかったと、ささやいた初々しい優子。その後、ディープキスにも、恥じらいながら情熱的に応えた愛しい優子。

大阪城ホールへ流行りの男性シンガーのコンサートに行き、二人並んで手拍子しながら一緒に歌った明るい笑顔の優子。忙しい自分を気遣い、六月の雨の中、事務所へ来て、そっと赤い薔薇と手紙を置いて帰った優しい優子。あとで調べて、赤い薔薇の花言葉は「あなたを愛しています」だと知った。

七月の天神祭に、自分のマンションへ浴衣姿で来た優子。花火を見ながら、激しく抱き合って、愛してると言った。その晩、満月で、月と兎の話をした優子。翌日、マンションへ、掃除と料理をしに来た優子。台所に立つ優子を抱いてベッドへ運んだ。ベッドで抱きしめた可愛い優子。結婚しようと言ったら、うれしいと泣いた優子。

八月にジュエリーショップへ行くと、ダイヤじゃなくて、誕生石のアメジストがいいと言った優子。楽しみは先にとっておきたいから、十年経って、想い出がいっぱいになったら、ダイヤを買って微笑んだ優子。お盆に、奥宮家で、アメジストの婚約指輪をはめると、ありがとうと、涙を浮かべた優子。軽井沢の教会で、ウェディングドレスを着たいと、顔を輝かせた優子。ジャズを聴きに、ブルーノートへ行き、映画を観に行き、美術館へも行き、ドライブも楽しみ、いつもそばにいて微笑んでいた優子。マンションへ来て、いつも美味しい料理を作ってくれた優子。秋の紅葉の大覚寺……ここへ来た時、ここは私の心のふるさとなのと言った優子。

ああ、優子！　優子！　優子！　……　天地の中で、優子！と叫ぶ自分の声がこだました。

八時になり、天地は買った舟券を持って、舟着き場へ行った。龍頭舟がとまっていて、天地は舟に乗りこんだ。舟は静かに漕ぎ出され、蓮の群生する中を通った。空には、満月が煌々と輝いていた。優子！　天地は、首のチェーンをはずし、優子の指輪を手に握った。それから、アメジストの指輪を、月に透かして見た。紫色の石が、月と競うように輝いた。

その時、天地は、優子を月に帰してあげよう。心のふるさとである、この大沢池に永遠に住まわせてあげよう。そう思った。舟は、蓮の群生をぬけ、広い水面へ出た。すると、池に、綺麗な月が映っていた。いにしえに天皇や貴族達が愛でた池の月が、雅やかにキラキラと輝いていた。

今だ！　今、優子をここへ帰そう！　天地は、もう一度だけ、心を込めて指輪を握ったかと思うと、次の瞬間、池の月へ向かって指輪を投げた。水面に波紋が広がって、池の月が揺らいだ。

この一瞬が、天地の胸に永遠の愛を刻んだ。

優子……僕は結婚するよ。でも決して君を忘れない。忘れられはしないよ。君は僕の心に咲いた美しい花だった。そう、君は花のように生きたいって言ってたね。君は花だよ。ずっと枯れない綺麗な花だよ。

天地は涙が溢れ、手でぬぐった。どこから来たのか、金色の蝶が忽然と現れ、天地の左肩に止まった。蝶は金色に輝く羽を三度はためかせた。その時、天地に懐かしく甘い声が聞こえた！

(幸せになってね)

(優子？　優子だね！)

天地は驚いて、今さっき指輪を投げ入れた池をジッと見た。水面の波紋はおさまり、月の光が映っていた。その光の中に、優子の優しい微笑みが浮かんで見え、ほんの一瞬で消えた。天地は尚泣いた。天地の気付かぬ間に金色の蝶は、スッと消えた。ひとしきり泣いて、天地は月を見あげた。涙が頬をつたい、顎から落ちていた。月は煌々と輝いていた。

捨身の慈悲に身を投じた優子の魂は永遠の光だ。

人生とは移ろうもの。諸行無常である。

心燃やして愛した人も、陽炎のように儚い面影と消えた。けれど、愛しい人は、忘れ得ぬ、麗しき追憶の光だ。

その光を、月のかけらを忍ばせるように、心の奥にしまって、生きてゆく。決して消えない、その光を胸に抱いて。

あとがき

　この小説は、私の私小説で処女作である『薔薇のノクターン』、続いて刊行した『愛』、そして、それに続く『追憶の光』と、私の三部作の完結作品として、ここに刊行致します。

　思えば、我ながら数奇な運命を生きてきました。病弱に生まれ、病と闘いながら、時代の流れに乗って、新聞社の役員秘書という仕事につき、キャリアウーマンとして、人生の大海原へ、舟を漕ぎ出しました。しかし、うつ病になり、体調を維持できなくなり、悔しくも退職しました。そこから更に、病との闘いが始まりました。乳ガン、子宮ガンの手術治療を受けたのです。私は、有り難く、幸いな事に、生かして頂きました。

　この闘病期間、時として、くじけそうになる私を、ずっと支えてくれたのが、いけばな嵯峨御流の道でした。この華道に生きる事で、花と向き合い、自分に問いかけ、儚くも美しい姿で、ただ与えるだけで、何も求めない花に、命の素晴らしさや慈悲の心を教えられ、一日一日、いえ、一分一秒を、切に生きてきました。

　お世話になった方々は数知れず、本当に多くの人々に助けて頂き、今がある事に、心から感謝しています。その中で、忘れられないのがK先生です。苦手な婦人科の治療の折、同じ音楽好きの想いで温かく接して頂いたK先生は、二〇一八年一月に、まだ六十代の若さで、ご病気で急逝されました。その時のショックから、私の文筆活動は始まりました。

K先生のように、多くの人を救える人が急逝し、何もできない自分が、ガンを克服して生き残っている。何とも言えない空しい苦しみに苛まれました。そして、気がつけば、知らぬ間にペンを執っていました。自分でもよくわからない、内から湧きあがってくる想いのままに、ペンを走らせました。そして生まれたのが、『薔薇のノクターン』です。この時、ご縁を頂いた幻冬舎には、三部作とも、お世話になり、心から感謝しています。

私にできる事をしよう！　少しでも世の役に立てる自分であろう！　そう、私の中の何かが蠢きだした時、昔、新聞社で、エッセイを書いており、自分としても楽しく、読者の方からも感動したと、お褒めのお手紙を頂いた経験から、《ものを書く》という事が、自分に向いていると感じ、知らぬ間に行動したのだと、自分の衝動を理解しています。

人の命は、宇宙的な時間の概念と比べたなら、本当に短く儚いものです。その刹那を、愛おしみ、かけがえのない人生を生きるために、たった一つ必要なものは《愛》です。私が一貫して訴えたいのが、この《愛》です。そのために、この三部作を執筆したと言っても、過言ではありません。

限りある命の《今》を、どれだけ《愛》を持って尽くせるか。それにこそ人生の意味があると信じています。前二作は、《愛》の永遠性を書きましたが、今作では、一歩踏み込んで、《魂》の永遠性を書きました。これには、私の長い闘病中に起きた、臨死体験を、脚色して書いています。時代は「令和」になりました。この新しい時代に、人と人とが思いやり合い、清らかな時が刻み続けられますよう、願い、祈りつつ、ペンを置きたいと思います。
最後までお読み頂き、本当にありがとうございました。

令和元年十一月三日

高見純代

著者紹介

高見 純代（たかみ すみよ）

大阪府出身。大谷女子大学 文学部 国文学科 卒業。

SONY のショールームアテンダントを経て、1993 年 産経新聞社 入社。

大阪本社の役員秘書を 7 年務める。在職中に、夕刊の 1 面にエッセイを執筆。

退職後、乳癌、子宮癌と闘病し克服。

童話、詩、エッセイ、絵なども創作。

華道家（嵯峨御流 正教授）。作家。

著書 / 私小説『薔薇のノクターン』（幻冬舎）、『愛 It begins quietly as intense love.』（幻冬舎）

追憶《ついおく》の光《ひかり》

2020 年 4 月 7 日　第 1 刷発行

著　者　高見 純代
発行人　久保田貴幸

発行元　株式会社 幻冬舎メディアコンサルティング
〒 151-0051　東京都渋谷区千駄ヶ谷 4-9-7
電話 03-5411-6440（編集）

発売元　株式会社 幻冬舎
〒 151-0051　東京都渋谷区千駄ヶ谷 4-9-7
電話 03-5411-6222（営業）

印刷・製本　シナジーコミュニケーションズ株式会社
装　丁　田口実希

検印廃止

Printed in Japan
ISBN 978-4-344-92798-8　C0093
幻冬舎メディアコンサルティングＨＰ
http://www.gentosha-mc.com/